CHAQUE PIÈCE, 20 CENTIMES.
111e ET 112e LIVRAISONS.

THÉATRE CONTEMPORAIN ILLUSTRÉ

MICHEL LÉVY FRÈRES, ÉDITEURS,
RUE VIVIENNE, 2 BIS.

CATILINA

DRAME EN CINQ ACTES ET SEPT TABLEAUX

PAR

MM. ALEXANDRE DUMAS et AUGUSTE MAQUET

REPRÉSENTÉ POUR LA PREMIÈRE FOIS, A PARIS, SUR LE THÉATRE HISTORIQUE, LE 14 OCTOBRE 1848.

DISTRIBUTION DE LA PIÈCE.

CATILINA.	MM. MÉLINGUE.	CHARINUS.	MM. GASPARI.
CESAR.	FECHTER.	LE PÉDAGOGUE.	CHARLES.
CLINIAS.	LACRESSONNIÈRE.	CHRYSIPPE.	HENRI.
LUCULLUS.	DUPUIS.	RULLUS.	FRÉDÉRIC.
CICERON.	SAINT-LÉON.	LENTULUS.	PEUPIN.
VOLENS.	CRETTE.	CETHEGUS.	BEAULIEU.
AUFÉNUS.	BONNET.	CAPITO.	GEORGES.
MARCIUS.	CASTEL.	CHARINUS.	Mmes REY.
SYLLA.	GEORGES.	MARCIA.	LACRESSONNIÈRE.
GORGO.	BARRÉ.	AURELIA ORESTILLA.	PERSON.
CICADA.	COLBRUN.	FULVIE.	H. JOUVÉ.
CATON.	BOILEAU.	NIPHE.	GÉNOT.
STORAX.	BOUTIN	NUBIA.	DEVAL.

PROLOGUE.

PREMIER TABLEAU.

LA MAISON DE MARCUS SALVENIUS.

L'atrium ouvert sur l'impluvium. Devant la porte, un lit funéraire ; aux quatre coins quatre esclaves. L'un Gaulois, l'autre Africain, le troisième Mède et le quatrième Grec. Sur le lit, Marcius couché ; costume de tribun des soldats, soixante ans, barbe blanche, couronne de laurier sur la tête, branche de laurier à la main. En avant du lit, l'eau lustrale dans une urne d'argent, avec un rameau de cyprès trempant dans l'eau. A droite, à l'entrée de la porte, une fontaine ; à gauche, l'autel des dieux sur lequel brulent des parfums.

SCÈNE I.

NIPHÉ. (*Les amis du mort entrent lentement et se rangent aux deux côtés du lit. Ils se saluent.*)

NIPHÉ.

Entrez, seigneurs ; quoique ce soit aujourd'hui la mort qui veille à la porte, la porte vous est ouverte. Soyez les bienvenus.

AUFÉNUS.

Bonjour, cher Marcius Népos. Quelle douleur pour moi qui viens justement de Marseille pour assister au deuil de votre famille !

MARCIUS NÉPOS.

Vous arrivez ?..?

AUFÉNUS.

Ce matin, et j'accours comme vous voyez. (*Le prenant à part et lui montrant Niphé.*) Quelle est cette femme qui fait les honneurs de la maison ?

MARCIUS NÉPOS.

C'est Niphé, une esclave thessalienne, que mon frère a affranchie voilà déjà quinze ans. Mon frère l'aima beaucoup quand elle était jeune, elle aima beaucoup mon frère quand il devint vieux. C'est une assez bonne créature pour une sorcière.

AUFÉNUS.

Elle est sorcière ?

MARCIUS NÉPOS.

Oui, puisqu'elle est Thessalienne. Ce sont même ses philtres et ses breuvages qui ont soutenu mon frère pendant ses trois dernières années. Le pauvre Marcius, vous le savez, était un corps usé par les blessures et par la fatigue.

AUFÉNUS.

Alors elle a rendu de grands services à votre frère, et par conséquent à vous.

MARCIUS NÉPOS.

Oui, et je saurai ce que ses services me coûteront lorsqu'on ouvrira le testament de Marcius. (*A différents personnages nouveaux.*) Salut, seigneurs, salut. Rangez-vous au chevet de mon frère.

AUFÉNUS.

Ne savez-vous point à quoi vous en tenir d'avance? Sans être un des sept banquiers que l'on appelle les sept tyrans de Rome, Marcius était riche, riche de son patrimoine, riche du butin fait dans ses campagnes avec Sylla.

MARCIUS NÉPOS.

Oui, vous avez raison, Marcius était riche, riche à deux cents talents cinq à six millions de sesterces, j'en répondrais.

AUFÉNUS.

Eh bien! tout cela vous reviendra puisque son fils est mort et que sa fille est vestale.

MARCIUS NÉPOS.

Cela devrait me revenir en effet; mais à la mort de mon neveu, Sylla son vieux général est venu voir mon frère, pleurer avec lui. Cela lui a touché le cœur, et l'on m'assure qu'il a fait Sylla son héritier.

AUFÉNUS.

Sylla a pleuré? Croyez-vous aux larmes de Sylla?

MARCIUS NÉPOS.

J'ai un esclave nubien qui m'a dit avoir vu pleurer une fois un crocodile.

AUFÉNUS.

Chut!..

MARCIUS NÉPOS.

Bah! il n'est plus dictateur.

AUFÉNUS.

Non, mais il est toujours Sylla... puis n'aura-t-il pas l'idée d'assister aux funérailles de son ancien tribun?

MARCIUS NÉPOS.

Sylla le moribond, Sylla le goutteux, Sylla qui se traîne ou plutôt qui rampe vers sa tombe... Sylla qui n'est pas venu voir le mourant, viendrait aux funérailles du mort... Soit, qu'il vienne!.. Je serai heureux de le revoir, et de mesurer de mes yeux à quelle distance il est du sépulcre.

AUFÉNUS.

Prenez garde, prenez garde, Marcius, le vieux Sylla n'a pas été détrôné, il a déposé le pouvoir de sa propre volonté, c'est-à-dire qu'il s'est coupé les ongles lui-même; croyez-moi donc, il ne se les sera pas coupés trop courts.

MARCIUS NÉPOS.

Oh! ma foi tant pis; au risque du coup de griffe, je me soulagerai le cœur. Ces soldats, voyez-vous, Aufénus, ça n'a plus de parents, ça n'a plus de patrie. Ils ont un drapeau et un général, voilà tout. Mon frère n'est-il pas rentré dans Rome comme les autres une torche à la main? Il est vrai qu'il s'est retiré lors des proscriptions, il est vrai qu'il a cessé de voir Sylla pendant sa dictature. Je les croyais brouillés. Mais mon neveu Marcius meurt. Sylla calcule que c'est le moment. Il tombe chez le père, au plus fort de sa douleur : « Mon vieux tribun! — Mon vieux général! — Te souviens-tu d'Orchomène? — Te souviens-tu de Chéronée? — Je t'ai sauvé. — Tu m'as sauvé. — Embrassons-nous. » Pouah! il n'aime pas les soldats, moi!... S'il avait laissé sa fortune à cette pauvre Marcia, sa fille, au lieu de la faire entrer au collège des vestales, je ne dirais rien, je ne suis que son frère. . mais me déshériter pour enrichir de deux cents talents, c'est-à-dire d'une obole, cet illustre voleur, ce glorieux assassin, ce goinfre héroïque, qui avait déjà mangé la première partie du monde, et qui allait dévorer la seconde, si les dents, grâce à Jupiter, ne lui eussent manqué à moitié du repas!.. (*Un homme entre et va, au milieu d'un cortége de clients, prendre place à la gauche du spectateur; il se traîne, appuyé sur son bâton et sur l'épaule d'un esclave; on lui approche un fauteuil; cependant il reste debout et écoute Marcius Népos qui, emporté par la passion, ne l'aperçoit pas.*)

AUFÉNUS.

C'est désolant, je l'avoue.

MARCIUS NÉPOS.

Dites que c'est stupide... stupide, en vérité. Voir les bois de mon frère se joindre aux vastes forêts de cet homme, ses cinquante esclaves s'ajouter aux dix mille esclaves du vieux dictateur, ses deux cents talents prendre le chemin d'un coffre-fort qui en contient peut-être deux cent mille. Ah! vieil hypocrite, vieil avare, tu n'en jouiras pas longtemps, voilà ce qui me console. Ah! tu dois venir aux funérailles de mon frère. Eh bien, moi aussi j'irai aux tiennes, et, par Pluton, je me charge de l'oraison funèbre.

SCÈNE II.

LES MÊMES, CORNÉLIUS, SYLLA, NIPHÉ, *s'avançant vers lui.*

NIPHÉ.

Seigneur Cornélius Sylla, c'est bien tard.

MARCIUS, *se retournant.*

Ah!

AUFÉNUS.

Je vous avais bien dit qu'il viendrait.

MARCIUS NÉPOS.

Croyez-vous qu'il m'ait entendu?

AUFÉNUS.

Croyez-vous qu'il soit devenu sourd?

SYLLA, *tranquillement.*

Bonjour, Niphé.

TOUS *saluent profondément Sylla.*

NIPHÉ.

Asseyez-vous, seigneur.

SYLLA, *écartant de la main ceux qui l'empêchent de voir le lit funèbre.*

Mon pauvre Marcius a donc vécu?

NIPHÉ.

Hier, il est mort en vous appelant.

SYLLA.

Oui... depuis quelque temps, non-seulement les mourants m'appellent, mais encore les morts... Hier, c'était ton maître, Niphe. . avant-hier c'était mon fils Cornélius...

NIPHÉ.

Votre fils Cornélius... vous avez revu votre fils, seigneur?

SYLLA.

En rêve... il est venu m'inviter à l'aller rejoindre lui et sa mère Métella. (*Avec un sourire.*) Et j'y vais... Mais revenons à ton maître, Niphé. Lui aussi m'a appelé, dis-tu? Pauvre Marcius...

NIPHÉ.

Oui; et quand la nuit est venue, quand l'obscurité a envahi la chambre, il a cru voir apparaître votre ombre au chevet de son lit... Les mourants ont de telles visions, vous le savez... Alors, il a étendu la main pour serrer la vôtre, tout en murmurant une espèce de reproche.

SYLLA.

Lequel?

NIPHÉ.

Sylla, a-t-il dit, a craint sans doute que la vue d'un mourant ne portât atteinte à son bonheur.

SYLLA.

A mon bonheur!... Il y a plus de trois ans que nous ne nous étions vus, et il croyait toujours à ma fortune... il voyait toujours en moi Sylla l'heureux... Sylla l'amant de Vénus... Sylla à qui l'on dérobait un fil de sa toge pour avoir une part de son bonheur... Il ne savait donc pas que moi aussi je m'en vais mourant, que je me meurs!...

MARCIUS NÉPOS.

Entendez-vous, Auféns? il l'avoue lui-même; le froid du tombeau le gagne.

SYLLA.

Marcia est au logis, m'a-t-on dit?

NIPHÉ.

Là, dans sa chambre.

SYLLA.

Niphé, tout le monde est-il réuni?

NIPHÉ.

Oui, seigneur!

SYLLA.

Les parents du mort sont ici?

NIPHÉ.

Nous n'avons d'autres parents que le seigneur Marcius Népos.

SYLLA.

N'est-ce pas lui que je vois là-bas?

NIPHÉ.

Oui, seigneur!

SYLLA.

Appelez Marcia, je vous prie, Niphé.

Niphé, va ouvrir la porte à gauche avec une clef qu'elle porte à sa ceinture.

AUFÉNUS.

Avez-vous vu comme il vous a regardé? Il a l'œil encore bien

MARCIUS NÉPOS.

Vous savez bien que chez le serpent l'œil est la dernière chose qui meure.

SCÈNE III.

LES MÊMES, MARCIA. (*Marcia, en entrant, va embrasser son père au front, puis elle revient sur le devant de la scène.*)

SYLLA.

Salut, Marcia! J'aimais ton père...

MARCIA.

Et mon père vous aimait, seigneur.

SYLLA.

Je le sais, il m'a laissé tous ses biens.

MARCIUS NÉPOS.

Par Hercule, je ne m'étais donc pas trompé.

MARCIA.

Ce n'est point là, seigneur, une preuve d'affection, mais de respect.

SYLLA.

Qu'elle soit d'affection comme je le crois, ou de respect comme tu le dis, Marcia, je ne puis accepter cette preuve.

MARCIA.

Pourquoi donc, seigneur?

SYLLA.

Parce que Marcius n'avait pas le droit de déshériter sa fille, même en faveur d'un ami.

MARCIA.

Seigneur, vous oubliez qu'il n'y a plus d'héritage pour moi en cette vie. J'appartiens corps et âme à la déesse Vesta... un serment me lie... qui ne peut être délié que par une autre déesse, la plus puissante de toutes, par la mort.

SYLLA.

Ce n'est pas ce que le pontife me disait ce matin même: Marcia, quel jour es-tu née?

MARCIA.

Le quatrième jour des ides de mars, l'an 662 de Rome.

SYLLA.

Et quel jour entras-tu au collège de Vesta?

MARCIA.

Aux kalendes de janvier, l'an de Rome 673.

SYLLA.

Eh bien, il y a une erreur de sept mois et deux semaines. Le collège n'avait pas le droit de te recevoir, Marcia. Tu avais plus de dix ans accomplis lorsque tu fus vouée. (*L'esclave grec qui a relevé la tête au commencement de l'observation de Sylla, se détache du lit et écoute.*)

NIPHÉ, *vivement.*

Eh quoi, seigneur! ma chère Marcia serait libre?

SYLLA.

Libre, puisqu'elle n'est pas dans les conditions de la loi.

MARCIA.

Mes vœux?

SYLLA.

Ils seront annulés.

MARCIA.

Mon serment?

SYLLA.

Il sera rompu.

NIPHÉ.

Oh! demeurez encore longtemps, Sylla l'heureux, vous qui me faites si heureuse. (*Elle embrasse Marcia.*)

MARCIA, *la repoussant doucement.*

Niphé! Niphé!

SYLLA.

Ainsi, Marcia, te voilà réintégrée dans tous tes droits. Lorsque le temps du deuil sera passé, rappelle-toi donc, si tu vis encore, que tu as en moi un second père.

MARCIA.

Merci, seigneur; mais cela ne peut être ainsi.

NIPHÉ.

Pourquoi?

SYLLA.

Que dis-tu?

MARCIA.

Je dis que dans deux heures j'aurai quitté cette maison; que, légitime ou illégitime, la déesse Vesta a reçu mon serment; il fut

non à prononcer, il est bon à tenir. (*L'esclave va se rasseoir et laisse tomber sa tête dans ses deux mains.*)

NIPHÉ, *à genoux.*

O Marcia!... Marcia!

SYLLA.

Je reconnais la probité du père dans la volonté de la fille; mais je te rendrai libre malgré toi, Marcia.

MARCIA.

Non, vous ne ferez pas ce déplaisir aux mânes de votre ami, seigneur; vivant, il voulut me consacrer à Vesta; l'âme survit au corps; mort, il le veut toujours.

SYLLA.

Réfléchis, Marcia; tu es rentrée dans tes foyers, tu as le droit d'y rester; lorsque tu auras quitté le seuil de cette maison et franchi celui du temple de Vesta, il ne sera plus temps; prends garde aux regrets, Marcia. prends garde. (*Le Grec lève la tête pour écouter la réponse de Marcia.*)

MARCIA.

Lorsque je quittai, il y a quatre ans, la maison de mon père pour entrer au collège des vestales, j'avais une colombe que je tenais prisonnière depuis un an seulement; au moment de partir j'ouvris sa cage, afin de lui rendre la liberté; elle s'envola d'abord joyeuse et disparut; mais, trois jours après, m'as-tu dit, Niphé, elle revint d'elle-même reprendre l'esclavage auquel elle était habituée; car n'ayant ni père ni mère, elle avait trouvé l'air vide et les bois solitaires. Je suis comme cette colombe, Niphé: Rome est vide, le monde est solitaire pour moi. Je retourne à ma cage; merci, seigneur.

NIPHÉ.

Marcia, je te supplie!

MARCIA.

Quand la cérémonie des funérailles sera terminée, quand vous aurez tous ensemble pris le repas funèbre, et que moi je l'aurai pris seule, moi qui n'ai plus le droit de m'asseoir à la table des hommes, alors je rentrerai dans ma chambre pour revêtir mes habits de vestale, et je quitterai la maison.

SYLLA, *regardant tour à tour Niphé et le Grec.*

Mais tu n'es pas seule au monde, Marcia; on n'est pas seule quand on est aimée. (*Niphé supplie; l'esclave cache sa tête entre ses mains.*)

MARCIA.

Mon père a commandé, seigneur; j'obéirai à mon père.

SYLLA.

C'est votre dernier mot, ma fille?

MARCIA.

C'est ma suprême volonté, seigneur.

SYLLA.

Sois respectée, Marcia, dans ta volonté suprême; mais n'essaye pas de rien changer à la mienne. Je te rends tes biens; avant ton départ tu en disposeras à ton plaisir. Tu as un testament à faire toi aussi, puisque toi aussi tu quittes le monde. Tiens, voici l'anneau que ton père m'avait envoyé en signe que j'étais son héritier. Je te le rends.

MARCIUS NÉPOS, *à Auféuus.*

Allons, allons, ma nièce n'est pas un soldat de Sylla, elle... et j'espère qu'elle n'oubliera point sa famille.

SYLLA, *à Niphé, en lui montrant l'esclave grec.*

Quel est ce jeune homme là près du lit funèbre?

NIPHÉ.

Un Grec, nommé Clinias, recueilli tout enfant par mon maître, au milieu du pillage d'Athènes, où son père et sa mère furent tués.

SYLLA.

Et il a vu souvent ta maîtresse, ce Clinias?

NIPHÉ.

Deux fois: la première lorsqu'elle entra au collège, la seconde lorsqu'elle en sortit.

SYLLA.

C'est bien. (*Aux assistants.*) Amis, entourons ce cercueil vénérable, et disons au mort les dernières paroles. (*La moitié des assistants passe derrière le lit funéraire et revient au côté gauche.*)

MARCIA.

Merci de l'honneur que vous faites à mon père. (*La nuit vient.*)

SYLLA, *à haute voix.*

Marcius! Marcius! Marcius!

TOUS LES ASSISTANTS.

Marcius! Marcius! Marcius!

SYLLA.

Il ne répond plus à la voix de son général, celui qui fut le plus brave soldat de mes armées, le meilleur citoyen de nos villes, le seul qui osa tirer l'épée dans la redoutable forêt de Delphes, le seul qui osa laisser son épée au fourreau dans Rome, quand, selon sa conscience, Lucius Cornélius Sylla ordonna que toutes les épées fussent tirées. (*Il s'arrête épuisé; des amis le soutiennent; il prend la branche de cyprès.*) Au revoir, Marcius! (*On jette l'eau lustrale et l'on gagne le fond.*)

MARCIUS NÉPOS.

Après l'adieu de Sylla, je sais que tu n'entendras pas le mien, Marcius; mais n'importe, ton frère Marcius Népos, qui t'aimait sur la terre, qui te respecte au tombeau et qui te reverra au séjour des ombres, te dit adieu · Marcius Salvenius, adieu! (*Il jette l'eau lustrale sur le cercueil.*)

MARCIA.

Et moi aussi, Niphé, je veux dire adieu à mon père. (*Elle s'approche soutenue par Niphé, prend la branche de cyprès des mains de Marcius Népos.*) Mon père!... (*Sanglotant.*) Mon Père!.. (*Elle se renverse dans les bras de sa nourrice. Sylla fait un signe, on enlève le corps. La nuit est tout à fait venue.*)

NIPHÉ.

Au retour du Champ de Mars, vous trouverez le festin préparé, seigneurs. (*On entend les trompettes qui sonnent un air funèbre. Quatre hommes en robe brune, la tête couverte d'un voile brun, enlèvent le corps. Quatre autres les suivent pour les relayer. Le cortège défile. Un des hommes à robe brune se glisse entre deux colonnes, et pénètre dans l'atrium. Quand cet homme est seul, il va droit à la petite table, verse dans l'amphore d'argent le contenu d'un flacon, qu'il tire de sa poitrine; puis se rapprochant de la chambre de Marcia, il écoute si elle est déserte. Le convoi qui a suivi l'impluvium reparaît de l'autre côté et s'arrête à la porte de la rue, placée en face de la porte de l'atrium. On dépose le corps. Marcia s'agenouille une dernière fois près de lui. L'homme à robe brune regarde cette scène à travers les draperies entr'ouvertes.*)

SYLLA, *de l'autre côté de la cour.*

Adieu, ma fille, rentre chez toi. (*Niphé relève Marcia et la soutient; elles reprennent le chemin de l'atrium.*)

NIPHÉ.

Viens!... viens! (*L'homme cesse de regarder, pousse la porte de la chambre de Marcia, et s'y cache.*)

SCÈNE IV.

MARCIA et NIPHÉ *rentrent.*

MARCIA.

Voyons, bonne nourrice, que feras-tu quand je serai partie?

NIPHÉ.

Que veux-tu que je fasse? Ton père m'a donné sa petite métairie de Fésules, je m'y retirerai.

MARCIA.

Tu quitteras Rome?

NIPHÉ.

Ne pas te voir ici... ne pas te voir ailleurs... le supplice est pareil...

MARCIA.

As-tu quelque argent, au moins?

NIPHÉ.

Vingt mille sesterces à peu près... je ne suis pas de celles qui amassent les gros pécules.

MARCIA.

Non, tu es trop savante pour être riche...Vous autres Thessaliennes, la science est votre déesse, et non pas la fortune... La richesse que vous poursuivez c'est la connaissance du passé... c'est la prévision de l'avenir... tu avais prédit la mort de mon père, Niphé... Oh! c'est un don fatal des dieux que de voir ainsi d'avance les malheurs de l'avenir.

NIPHÉ.

Oui, c'est un don fatal quand ces malheurs ne peuvent être évités; mais, lorsqu'au contraire les dieux permettent que l'avenir nous soit révélé, pour le faire bon de mauvais qu'il pouvait être, la science augurale est un bonheur divin, une révélation sacrée.

MARCIA.

Hélas! on ne peut fuir son destin, Niphé, et toutes les révélations ne servent qu'à faire voir aux hommes le précipice dans lequel ils tombent.

NIPHÉ.

Non, non, Marcia, il y a des malheurs auxquels on peut se soustraire, crois-moi.

MARCIA.

Il fallait, Niphé, écarter la mort du lit de mon père, et je t'aurais crue.

NIPHÉ.

Ne pleure pas la mort de ton père, Marcia.

MARCIA.

Les funérailles de celui qui m'a donné la vie ne sont pas achevées, et tu me dis de ne pas pleurer sa mort!

NIPHÉ.

Je te dis qu'en ce moment même un nouveau malheur plane sur ta tête.

MARCIA.

Aucun malheur ne peut me toucher en ce moment, où je viens d'éprouver le plus grand de tous.

NIPHÉ.

Il y a des malheurs plus grands que ceux qui nous conduisent à la tombe; la mort est une des conditions de la vie. Quitte cette maison, Marcia.

MARCIA.

C'est mon intention, mais pas avant d'avoir fait le partage de mes biens; je te dois une récompense, bonne Niphé.

NIPHÉ.

Tu ne me dois rien, pars vite.

MARCIA, *s'approche de la table et s'arrête.*

Mais, Clinias... pauvre Clinias... qui, quoique esclave, aimait mon père... Clinias qui n'a pas quitté son maître un instant, et qui veillait au pied de son lit, tandis que nous veillions à son chevet...

NIPHÉ.

Laisse-lui deux ou trois poignées d'or sur cette table; tu ne lui dois pas plus.

MARCIA.

O Niphé! te croirais-tu payée de ton affection par deux ou trois poignées d'or?

NIPHÉ.

Jette toute ta fortune sur cette table si tu le veux; mais, par les mânes de ton père... hâte-toi... hâte-toi...

MARCIA.

Mais enfin, pourquoi partir?

NIPHÉ.

Je ne sais... j'entends une voix qui me dit: qu'elle parte!... qu'elle parte!... voilà tout...

MARCIA.

Illusion.

NIPHÉ.

Qu'elle parte!... ou malheur!... malheur!... malheur!...

MARCIA.

Niphé, tu m'effrayes!... (*Elle descend la scène.*)

NIPHÉ.

Je te dis que l'heure presse, Marcia... je te dis que le dieu m'avertit... que le dieu me tourmente... je te dis qu'il y a un malheur dans la maison... hâte-toi!... hâte-toi!... (*Elle l'entraîne vers la porte.*)

SCÈNE V.

LES MÊMES CLINIAS; *les rideaux s'ouvrent et restent ouverts.*

MARCIA.

Rassure-toi, c'est Clinias. Approchez, Clinias.

CLINIAS.

Me voici.

MARCIA.

Tout est donc terminé, là-bas?

CLINIAS.

Tout.

MARCIA, *soupirant.*

Hélas! quoi qu'en dise Niphé, voilà le véritable malheur. Clinias, vous avez tendrement soigné et fidèlement servi Marcius, mon père et votre maître. Vous devez être récompensé!

CLINIAS.

Je devais servir fidèlement mon maître... je devais soigner tendrement votre père... J'ai fait mon devoir, voilà tout.

MARCIA.

Que voulez-vous que je vous donne, Clinias?

CLINIAS.

Un esclave n'a besoin de rien.

MARCIA.

Le descendant d'une race illustre ne doit point parler comme un esclave ; votre aïeul avait été archoute, m'a dit souvent mon père. Demandez, et votre demande vous sera accordée.

CLINIAS.

Eh bien ! restez dans la maison de votre père, et gardez-moi près de vous.

MARCIA.

Pauvre Clinias ! tu me demandes la seule chose qu'il me soit impossible de t'accorder ! Je ne suis plus au monde, je suis à Vesta.

CLINIAS.

Alors, je ne demande plus rien.

MARCIA.

Pas même d'être libre ?

CLINIAS.

Libre de quoi ?

MARCIA.

De retourner dans ta patrie.

CLINIAS.

Dans ma patrie, où j'ai vu tuer le même jour mon père et ma mère... où les pieds des chevaux romains ont dispersé les cendres de mes ancêtres... où je ne retrouverais plus même les ruines de ma maison !... Non, j'ai deux patries comme tous ceux qui n'en ont plus ; l'une est devenue un désert, l'autre est la maison de Marcius, qui va devenir un désert aussi. Marcius avait été bon pour moi, il me plaignait, il me consolait... Vous étiez la fille de Marcius, la reine de cette maison... Marcius est mort, vous partez... De mes deux patries, comme je vous le disais, pas une ne me reste... Faites-moi conduire au marché, faites-moi vendre à un autre maître... il commandera, et m'épargnera de penser... et si j'oublie d'obéir, eh bien ! il me tuera, et m'épargnera de vivre.

MARCIA.

Nul ne vous commandera, nul ne vous touchera désormais; venez ici, Clinias.

CLINIAS.

Me voici !

MARCIA.

A genoux...

CLINIAS.

J'obéis.

MARCIA.

En vertu du droit qui m'a été rendu de faire mon testament, je vous constitue mon héritier, Clinias, et par conséquent je vous fais libre.

CLINIAS.

Moi, votre héritier...

MARCIA.

Acceptez, faites-moi cette grâce... vous savez que je puis vous y forcer.

CLINIAS.

Ordonnez...

MARCIA.

Vous donnerez la moitié de l'argent, la moitié des terres, la moitié des vignes, la moitié des bois à mon oncle Marcius· Népos... Vous partagerez le reste entre vous et Niphé... Cette maison est à vous. La métairie de Fésules est à elle. Si elle meurt avant vous et sans faire de testament, vous hériterez d'elle ; si vous mourez avant elle et sans faire de testament, elle héritera de vous. Voici l'anneau de mon père en signe que vous êtes mon héritier. (Elle lui donne un petit soufflet sur la joue.) Levez-vous, Clinias, vous êtes libre...

CLINIAS prend l'anneau, le passe à son doigt, se détourne et le baise.

NIPHÉ.

Eh bien !

MARCIA.

Me voici.

NIPHÉ.

Pars.

MARCIA. (Elle va près de la table, Clinias de l'autre côté.)

Tu as raison, rien ne m'arrête plus ici. Je romps ce gâteau avec la douleur de ne pouvoir le partager avec vous, mais Vesta le défend. Associez-vous donc du cœur à mon dernier repas. Je lève cette coupe et je bois à vous. (Elle boit. — On revient des funérailles. — Entrée de quelques parents.) Niphé, voici nos parents et nos amis qui rentrent ; introduis-les dans la salle du festin, et fais-leur mes remerciements. Puis tu reviendras me chercher et tu me conduiras jusqu'au temple.

NIPHÉ.

A pied ?

MARCIA.

Non; le char de la grande prêtresse doit m'attendre à la petite porte avec le licteur.

NIPHÉ.

J'y vais et je reviens... Mais toi... pendant ce temps...

MARCIA.

Je reprends mes habits de vestale.

NIPHÉ.

Tu me promets de ne point sortir sans moi ?

MARCIA.

Je te le promets. (Niphé serre les mains de Marcia, sort, et ferme les rideaux.)

SCÈNE VI.

LES MÊMES, moins NIPHÉ.

MARCIA.

Clinias, voyez si le char est à la petite porte ; s'il n'était point arrivé, allez au-devant, et pressez les chevaux.

CLINIAS.

Je vous verrai encore une fois, n'est-ce pas ?

MARCIA.

Vous accompagnerez le char jusqu'à la porte du collége.... Allez, Clinias, allez.

CLINIAS.

J'obéis. (Il sort.)

SCÈNE VII.

MARCIA, seule.

C'est étrange... qu'ai-je donc ? Il me semble que mes yeux se voilent, que mes genoux fléchissent sous moi... C'est Niphé et sa folie... (Elle fait quelques pas.) Noires vapeurs pressent mon front... Dieux bons, que m'arrive-t-il... Ah ! je ne me croyais pas si faible... A moi, Niphé ! à moi, Clinias ! à moi ! à moi ! (Sa voix s'éteint, la porte s'ouvre ; l'homme à la tunique brune sort, enlève Marcia, la porte dans sa chambre et referme la porte juste au moment où Niphé rentre par le fond, Clinias par le côté.)

SCÈNE VIII.

CLINIAS, NIPHÉ.

NIPHÉ.

Clinias !

CLINIAS.

Niphé !

NIPHÉ.

Es-tu déjà de retour ?

CLINIAS.

Non ;il m'a semblé seulement que Marcia m'appelait. Je n'avais pas encore quitté la chambre voisine, je suis rentré.

NIPHÉ.

Moi aussi, j'ai cru entendre sa voix.

CLINIAS.

Nous nous sommes trompés sans doute. Tout est calme, tout est solitaire.

NIPHÉ.

N'as-tu rien vu d'extraordinaire dans la maison ?

CLINIAS.

Rien.

NIPHÉ.

Pas d'étrangers suspects ?

CLINIAS.

Aucun.

NIPHÉ.

L'orfraie ! entends-tu l'orfraie ?

CLINIAS.

C'est l'oiseau de la mort! et il y a une neure la mort était encore ici, dans cette maison.

NIPHÉ.

Où as-tu quitté Marcia ?

CLINIAS.

Ici.

NIPHÉ.

Quand cela?

CLINIAS.

A l'instant même.

NIPHÉ.

Elle t'avait donné un ordre?

CLINIAS.

Celui d'aller voir si le char était arrivé.

NIPHÉ.

Va et reviens.

CLINIAS.

Comme l'éclair. (*Il sort par le fond.*)

SCÈNE IX.

NIPHÉ, MARCIA.

NIPHÉ.

Marcia!... Marcia!... tu es dans ta chambre, n'est-ce pas? réponds-moi. (*Elle veut ouvrir.*) Marcia, pourquoi es-tu enfermée? Marcia, réponds-moi... Marcia!...

MARCIA, *de sa chambre.*

Ah!

NIPHÉ.

C'est sa voix... elle a poussé un cri. (*Secouant la porte.*) A l'aide... au secours...

SCÈNE X.

NIPHÉ, L'INCONNU, *sortant de la chambre.*

L'INCONNU.

Silence!

NIPHÉ.

Un homme dans le gynecée... profanation!

L'INCONNU.

La vieille Niphé... l'Argus thessalien... place, place!

NIPHÉ.

Qu'as-tu fait, misérable? (*Elle le prend à la gorge.*)

L'INCONNU.

Place!

NIPHÉ.

Non; tu ne fuiras point. A l'aide! au secours!

L'INCONNU.

Ne crie pas.

NIPHÉ.

C'est toi qui es le malheur, c'est toi qui es le crime. (*Lui découvrant le visage.*) C'est toi qui es Lucius Sergius Catilina.

CATILINA.

Oh! malheur à toi puisque tu sais mon nom!

NIPHÉ.

Catilina!... Catilina!... au secours.

CATILINA.

Te tairas-tu?

NIPHÉ.

Catilina!... Catilina!... Catilina!...

CATILINA, *la frappant de son poignard.*

Eh! bien alors...

NIPHÉ.

Ah! (*Elle chancelle.*)

CATILINA.

Lâche-moi.

NIPHÉ.

Oui, je te lâcherai, car la mort ouvre ma main. Mais si tu échappes à la justice des hommes, tu n'échapperas pas à la vengeance des dieux.

CATILINA.

Soit. C'est une affaire entre Némésis et moi. Me lâcheras-tu?

NIPHÉ, *se soulevant.*

Catilina, tu as semé le sang criminel, tu as versé le sang innocent : par un crime tu as donné la mort, par un crime tu as donné la vie. Catilina, tout ce que l'avenir te garde de malheurs sortira de cette nuit... Catilina, gare au fils de la vestale. (*Elle tombe.*)

CATILINA.

Gare au fils de la vestale?... une vestale ne devient pas mère, car

ou lorsqu'elle devient mère on l'enterre avec son enfant!... le fils de la vestale n'est donc pas à craindre pour moi. Quant au sang innocent ou coupable, celui qui l'a versé n'a qu'à s'approcher d'une fontaine comme je le fais, l'eau lave le sang. (*Il se lave les mains à la fontaine. Nuit profonde.*)

SCÈNE XI.

CATILINA, à *la fontaine.* NIPHÉ, *mourante,* CLINIAS, *entrant.*

CLINIAS, *du fond.*

Oh! cette fois, je ne me suis pas trompé... cette fois j'ai entendu un cri de détresse. C'était la voix de Niphé. (*Heurtant le cadavre.*) Niphé!... (*Il cherche à la soulever.*)

NIPHÉ.

Ah!

CATILINA.

Elle n'est pas morte!...

NIPHÉ.

Clinias...

CATILINA.

Oh!... si elle dit mon nom, il faut que je les tue tous deux.

CLINIAS, à *Niphé.*

L'assassin!... comment s'appelle l'assassin?...

NIPHÉ.

C'est... c'est... ah!... (*Elle expire.*)

CATILINA.

Inutile alors... (*Il fuit.*)

CLINIAS, *apercevant Catilina sur qui tombe un reflet de la lampe de l'atrium.*

Je ne sais pas ton nom, mais je t'ai vu...

ACTE I.

DEUXIÈME TABLEAU.

Le Champ de Mars. Au troisième plan à droite, une maison; en face de la maison, le Tibre faisant le coude. — Au fond, le mur et la porte Flaminia. — A gauche, le tombeau de Sylla ombragé par un grand pin et par un groupe de cyprès.
Au lever du rideau, des jeunes gens dans l'espace compris à droite s'exercent à la lutte, au saut, au disque, à la balle; c'est un collège de patriciens. — A gauche est un groupe de trois personnes couchées au pied du tombeau de Sylla.

SCÈNE I.

VOLENS, CICADA, GORGO, LE PÉDAGOGUE.

LE PÉDAGOGUE.

Allons, la dixième heure est criée. Assez de récréations comme cela. Formez-vous deux par deux et rentrons à la maison.

CICADA.

Bon, et le Tibre, on ne lui dit donc pas deux mots aujourd'hui? nous ne faisons pas un peu comme cela? (*Il imite un homme qui nage.*)

LES ENFANTS.

En effet, on nous avait promis le bain pour aujourd'hui.

LE PÉDAGOGUE.

Ce sera pour demain; à vos rangs.

CICADA.

Et quand on pense que nous sommes dans un pays libre, et qu'on force des citoyens romains à obéir à un méchant pédagogue grec, qu'on en vend de pareils au marché pour cinquante sesterces.

GORGO.

Tais-toi, Cicada.

LE PÉDAGOGUE.

Apprends, drôle, qu'on ne se baigne pas après avoir travaillé comme viennent de le faire ces jeunes seigneurs.

CICADA.

C'est cela, ces jeunes seigneurs, en voilà un travail qu'ils ont fait. Bon, je me souviendrai de cela. Jouer à la balle, lancer le disque, se donner des crocs-en-jambe, cela s'appelle travailler.

LE PÉDAGOGUE.

Et ce que tu fais là, vautré comme un âne sur le foin, comment cela s'appelle-t-il?

CICADA.

Cela s'appelle se reposer. Tiens, pourquoi donc que je travaillerais, moi? est-ce que je suis patricien? est-ce que je suis chevalier? est-ce que je suis noble? c'est bon pour ces paresseux-là, qui ont le temps de suer toute la journée. Eh bien, cela m'est encore égal que les jeunes seigneurs n'aillent pas à l'eau; mais je veux que le pédagogue y aille, à l'eau; le maître d'école à l'eau.

GORGO.

Prends garde, c'est le pédagogue qui instruit les enfants des sénateurs, il appellera son esclave et tu te feras rosser, la Cigale.

CICADA.

Rosser, moi! allons donc, un citoyen romain! je voudrais bien voir un peu cela. A l'eau le maître d'école, à l'eau!

TOUS.

Oui, à l'eau, à l'eau!

LE PÉDAGOGUE.

Holà! Castor.

UN ESCLAVE NOIR, accourt avec son fouet.

Me voilà!

LE PÉDAGOGUE.

Attrappe-moi ce drôle.

CICADA.

Et des jambes?

LE PÉDAGOGUE.

Allons, courage! il y a cinq sesterces pour toi, Castor.

CICADA.

C'est pour tout de bon?

LE NOIR.

Tu vas voir. (Course dans le Champ de Mars. Cicada emploie toutes ses ressources pour échapper, et finit par être pris.) CICADA, avant qu'on lui ait rien fait.

Oh! là, là. Oh! là, là!

VOLENS, vieux soldat s'éveillant.

Qu'y a-t-il?

CICADA.

Au secours! au secours!

VOLENS, se levant à demi.

Est-ce qu'on ne va pas me laisser dormir un peu tranquille?

CICADA.

A moi, le vieux, à moi!

VOLENS.

Veux-tu lâcher cet enfant, face de charbon!

CICADA.

Veux-tu me lâcher! A moi, Volens, à moi!

VOLENS, se soulevant.

Attends.

GORGO, le retenant.

Prends garde!

VOLENS.

A quoi?

GORGO.

Prends garde à ce géant, qui t'assommera d'un coup de poing.

VOLENS.

Bah! j'en ai vu des Africains en Afrique, et de près, je m'en vante.

GORGO.

Oui, mais tu avais vingt ans de moins.

VOLENS.

C'est vrai.

GORGO.

Et puis, il a tort, le petit.

VALENS.

Il a tort, c'est autre chose... Il paraît que tu as tort, la Cigale, tire-toi de là comme tu pourras.

CICALA.

Comment! tu m'abandonnes... c'est bien la peine de s'appeler Volens... Comment! vous m'abandonnez? Poltrons, au secours! on m'étrangle!...

LE NOIR.

Qu'en faut-il faire?

LE PÉDAGOGUE.

Puisqu'il aime tant le Tibre, fais-lui prendre un bain.

CICADA.

Au secours!... au secours!... on me noie!...

VOLENS, faisant un mouvement.

Cependant...

GORGO.

Il sait nager, sois donc tranquille.

LE NOIR, jetant Cicada dans le Tibre.

Bon bain, citoyen Romain... bon bain.

CICADA, dans le Tibre.

Ohé! les sénateurs!... Ohé! les bandes de pourpre!... Ohé! les laticlaves! les noirs! les pédagogues! les Africains!...

VOLENS, avec mélancolie.

C'est égal! ce n'est pas de ton temps, mon vieux Cornélius Sylla, qu'un de tes vétérans eût été obligé de reculer devant un esclave.

CICADA.

Ni que cet esclave eût jeté à l'eau un citoyen Romain, n'est-ce pas, père Volens?

GORGO, puis TOUS.

L'eau était-elle bonne?

CICADA.

Allez vous-en jouer, vous autres... Brrrou... un peu de soleil, s'il vous plaît!... Je suis comme Diogène... Un peu de soleil... Merci, Gorgo. (Il se met au soleil.)

VOLENS.

Mais patience, voilà les élections qui arrivent, on va nommer les consuls. Tel nous dédaigne aujourd'hui comme des mendiants, et prétend que nous devons travailler si nous voulons vivre... qui viendra demain nous baiser les pieds pour avoir notre voix.

GORGO.

Alors nous leur dirons : Nous ne sommes pas des hommes... nous sommes des machines à élections. Voulez-vous être élus? graissez les machines.

CICADA.

Tu vends ta voix, toi, Gorgo?

GORGO.

Je crois bien, c'est le plus clair du revenu du citoyen romain que sa voix... N'est-ce pas, Volens?

VOLENS.

Nous n'avons plus Sylla pour nous enrichir... il faut bien plumer ce qui nous tombe sous la main. Nous plumons les candidats... un tas de pies et un tas de geais... la monnaie d'un aigle.

CICADA.

Peuh! Je ne suis pas fâché que Sylla soit où il est, moi...

VALENS.

Comment! malheureux!...

CICADA.

Mais laissez-moi donc finir, vieux brave. Voilà ce que je veux dire : Si Sylla vivait, il ne serait pas mort; s'il n'était par mort, il ne serait pas enterré; et s'il n'était pas enterré, nous n'aurions pas cette belle ombre fraîche et noire... que fait son tombeau au Champ de Mars... de la huitième à la douzième heure. C'est si bon, l'ombre... quand il y a du soleil.

VOLENS.

Tais-toi, Cicada... et cependant tu as raison... De Sylla, de ses victoires, de ses bienfaits... il ne nous reste qu'un peu d'ombre fraîche l'après-midi.

CICADA.

Ainsi passe la gloire... comme aurait pu dire le pédagogue qu'on aurait pu me donner. Est-ce que je l'ai connu, moi, Sylla?

VOLENS.

Quel âge as-tu?

CICADA.

J'aurai seize ans aux prochains consuls, dans deux jours.

VOLENS.

Tu es né justement l'année où son accès le prit... et où il mourut.

CICADA.

Son accès ou son abcès... Ma mère m'a toujours dit que feu Sylla...

VOLENS.

Ta mère était une Marius... et comme toutes ces coquines-là, elle dénigre notre dictateur.

GORGO.

Dites donc? dites donc, père Volens? moi aussi j'en suis des Marius. N'en dites donc pas de mal... Marius, voyez-vous, c'était un fier homme.

VOLENS.

Pas de comparaison... il s'en faut au moins des deux tiers que Marius ait tué autant que Sylla.

GORGO.

Eh! eh! il en a tué pas mal aussi, lui.

VALENS.

Et les distributions, donc ! Est-ce que Marius a jamais donné comme donnait l'autre ?... Voyons, toi qui étais pour lui, t'a-t-il jamais fait cadeau d'une maison de ville et de deux maisons de campagne ?

GORGO.

Non, je l'avoue.

VOLENS, s'asseyant.

Eh bien, Sylla m'a donné cela à moi.

CICADA.

Vous avez trois maisons, vous, père Volens ?

VOLENS.

Je les ai eues.

CICADA.

Les propriétaires de vos maisons devaient être joliment vexés, dites donc ?

VOLENS.

Non; quand Sylla donnait la maison,. le propriétaire n'avait plus le droit de se plaindre... on lui avait coupé... la parole.

GORGO.

On appelle cela la guerre civile, Cicada.

CICADA.

Tous les combien cela revient-il, les guerres civiles ? En a-t-on chacun une dans sa vie ?

VOLENS.

J'en ai eu quatre, moi, et j'espère bien, quoi que fasse le pois chiche, que j'en aurai encore une ou deux.

CICADA.

Dis donc Gorgo, qu'est-ce que c'est que le pois chiche ?

GORGO.

Eh ! tu le sais bien, c'est ce méchant avocat d'Arpinum qui dit toujours : sénateurs, la justice ; sénateurs, l'ordre.

CICADA.

Ah ! oui, Cicéron, je l'ai entendu une fois parler trois heures de suite.

GORGO.

Tu en as eu du courage, toi.

CICADA.

Je m'étais endormi au commencement de son discours. Je ne me suis réveillé qu'à la fin ; il avait parlé trois heures, j'ai vu cela au soleil. Eh bien ! père Volens, si le pois chiche, comme vous dites, est démoli, si j'ai la chance d'une guerre civile, savez-vous ce que je demanderai, moi? Je ne suis pas ambitieux.

VOLENS.

Que demanderas-tu?

CICADA.

Je demanderai cette maison qui est là sous les arbres. Elle me plaît, elle est postée au coin de la voie Flaminia qui mène à la campagne. Elle a vue sur le Tibre, elle donne sur le Champ de Mars, je la retiens.

VOLENS, fronçant le sourcil.

Cette maison...

CICADA.

Eh bien ! qu'y a-t-il ? est-ce que vous en voulez aussi de cette maison ? mais vous les voulez donc toutes, alors ?

VOLENS.

Non, je n'en veux pas.

CICADA.

Bon, vous voulez déjà me dégoûter de ma propriété.

VALENS.

Maudite pour moi, je m'entends. C'est dans cette maison que mon pauvre général a ressenti les premières atteintes du mal dont il est mort : il y a seize ans aujourd'hui.

CICADA.

Et que venait-il faire dans cette maison ?

VOLENS.

Il venait à l'enterrement du père de cette vestale qui fut condamnée par Cassius Longinus pour être devenue mère.

GORGO.

Marcia ? je l'ai vu enterrer vive.

VOLENS.

Eh bien ! c'était la fille du tribun Marcius.

CICADA.

Raison de plus ; je ne serais pas fâché d'avoir la maison d'une vestale, moi.

VOLENS.

Soit, au premier mouvement viens me trouver, je te ferai travailler et tu gagneras la maison. (On ouvre la porte.).

CICADA.

Tiens, il paraît qu'elle est habitée ma maison. (Entrée de Charinus.)

SCÈNE II.

LES MÊMES, CLINIAS, sortant de la maison, puis CHARINUS, puis MARCIA, puis SYRUS.

MARCIA. (Longue stole, visage presque voilé.)

Mon fils, voici la couronne.

CHARINUS, s'avance seul vers le tombeau. Il accroche la couronne à l'un des angles et s'incline.

Divin Cornelius, bienfaiteur de ma famille, reçois cette couronne funèbre, que tous les ans à pareil jour je viens déposer sur ton tombeau. Tu sais, divin Sylla, qu'à l'époque où j'étais éloigné de Rome, que même au temps où j'habitais Athènes avec mon père Clinias, je m'associais par la prière à cette pieuse offrande que ma mère alors te vouait à ma place. Je suis de retour, divin Sylla, j'ai visité les champs de bataille d'Orchomène et de Chéronée, où combattit près de toi mon aïeul Marcius, et je viens te dire : Du séjour des ombres où tu résides sans fin, héros et les dieux, veille sur nous, divin Sylla. (Il suspend la couronne à l'un des angles du tombeau.)

VOLENS.

Bien, jeune homme, très-bien. La Cigale, choisis une autre maison, car tu n'auras pas celle de cet enfant.

CICADA.

Allons bon ! il faut déjà que je déménage.

MARCIA.

Allez, Clinias, je vous recommande Charinus.

CLINIAS.

N'est-ce pas mon fils, Marcia ?

CHARINUS.

Me voici, mon père. (Pendant ce temps trois hommes sont entrés en scène, et après avoir marché de long en large se sont arrêtés près d'un banc.)

CLINIAS.

Regarde ces trois hommes, Charinus, et salue. L'un c'est la vertu, l'autre c'est la richesse, le troisième c'est l'éloquence.

CHARINUS.

Et ils s'appellent ?

CLINIAS.

Caton, Lucullus, Cicéron. Viens, mon fils. (Ils sortent, Marcia les salue de la main tant qu'elle peut les voir, puis elle rentre et ferme la porte. Caton, Lucullus et Cicéron s'asseyent. Un homme entre et se couche à quelques pas d'eux au pied d'un arbre.)

SCÈNE III.

LES MÊMES, plus CATON, LUCULLUS et CICÉRON assis.

VOLENS, se penchant pour regarder les nouveaux venus.

Caton, ils appellent cela la vertu ! un brigand qui nous traite d'assassins parce que nous coupions des têtes du temps de Sylla ! Mais, imbéciles, si nous coupions des têtes, c'est que cela nous rapportait quelque chose ; on vivait dans ce temps-là, tandis qu'aujourd'hui l'on vivote.

GORGO.

Caton qui fait le sobre pour avoir le droit d'être avare, qui se nourrit de raves pour avoir le droit de nous laisser mourir de faim, qui se donne l'ennui d'être vertueux pour reprocher leurs vices aux autres. Par Jupiter, j'aime encore mieux Lucullus, il a volé celui-là, c'est vrai, et beaucoup même, mais pas à Rome, en province. (Un homme entre à gauche, parle à Cicéron et sort.)

CICADA.

Et puis ce qu'il a volé, ça profite au moins; on dîne chez lui, et grassement.

GORGO.

Est-ce que c'est là que tu te nourris, Cicada ?

CICADA.

Ma foi oui, c'est près de la porte Salutaire, où je demeure.

GORGO.

Tu demeures donc, toi ?

CICADA.

Oui, au pied d'une colonne, sous le portique d'Ancus Martius ; ça fait que je vois de temps en temps son descendant Julius Cé-

sar. Je crie vive le noble Julius César, descendant d'Ancus Martius... ça le flatte et il me donne des sesterces... c'est pour jouer
aux noix... Connais-tu Julius César, toi ?

GORGO.

Si je le connais !... je suis son client.

CICADA.

On est bien nourri chez lui ?

GORGO.

Regarde-moi... ai-je l'air d'un homme qui jeûne... Et vous,
Volens, chez qui mangez vous?

VOLENS, secouant la tête.

Oh! moi... je mange à une cuisine qui se refroidit de jour en
jour. C'était cependant une belle marmite... à moitié renver-
sée .. c'est dommage.

GORGO.

De quelle marmite parles-tu ?

VOLENS.

De celle d'un riche ruiné, d'un patricien à sec... de la marmite de Lucius Sergius Catilina, mes enfants... C'était là une
cuisine .. j'y vais encore par reconnaissance... Et puis de temps
en temps, il faut le dire, on y attrape de bons morceaux... Je
devine le moment, j'arrive et je dis : Me voilà... L'autre jour il
y a eu festin... Il avait fait faire une grande chasse dans les
Apennins par ses pâtres... On a envoyé douze chevreuils, cent
lièvres, cinq cents perdrix... un dîner de gibier... Et quel vin,
mes enfants... Il n'y a qu'un homme ruiné pour donner de pareils repas avec un vin si vieux.

GORGO.

Oui... c'est quand il vide le fond du sac cela... mais quand le
sac est vide...

VOLENS.

Ah! ces jours-là on voit venir le pauvre seigneur. Il est défrisé...
il est pâle... il prend ses airs gracieux... Mes enfants, dit-il, excusez
Lucius Catilina ; les créanciers ont tordu le cou à sa dernière
poule. Aujourd'hui les croûtes seront dures... mais soyez tran-
quilles; d'ici à demain, je tâcherai d'empaumer quelque imbé-
cile, et nous aurons un festin royal, un festin de satrape, comme
il convient à de dignes Romains tels que vous. Seulement n'oubliez pas que si de temps en temps nous jeûnons, c'est la faute de
sept ou huit gloutons qui dévorent la république. Là-dessus,
comme c'est la vérité, on rit, on remercie le patron, et l'on se
serre le ventre.

CICADA.

Bon.. mais le lendemain ?

VOLENS.

Quand Catilina a promis, c'est comme si l'on tenait. Quand il
a il donne.

CICADA, GORGO.

Quand il n'a pas ?

VOLENS.

Quand il n'a pas il prend... De toute façon, vous voyez bien
_ tient sa promesse. Oh! c'est un Romain celui-là, et le jour où
il sera consul, le vrai peuple sera heureux. (Cicéron se lève et
regarde l'esclave couché.)

GORGO.

Consul, Catilina...

VOLENS.

Pourquoi vas ?.. Qu'a-t-il donc fait pour n'être pas consul?
Est-ce parce qu'il a une mauvaise réputation ? Qu'est-ce que ça
prouve? Caton en a bien une bonne.

CICADA.

C'est moi qui voterai pour Catilina quand j'aurai l'âge.

CICÉRON, se levant.

Je crois que cet homme couché sur ce banc et qui fait sem-
blant de dormir nous écoute... Venez ailleurs...

LUCULLUS.

Soit... quoique nous ne disions rien qui ne puisse se dire.

CICÉRON.

Ce qui peut se dire, Lucullus, ne peut pas toujours s'entendre. (Apercevant Gorgo, Cicada et Valens.) Bon, en voilà d'autres par ici.

CATON.

Laissez-moi les chasser, ce sont des paresseux. Quand on
pense que la république distribue tous les matins vingt sers-
terces et une mesure de blé à cent cinquante mille paresseux
de cette espèce !

CICÉRON.

Pas de violence, Caton. Croyez-moi, quelques paroles amies
feront plus que des injures.

LUCULLUS.

Et une centaine de sesterces plus que des paroles amies.
(Il s'approche.) Citoyens, la place est bonne puisque vous l'oc-
cupiez. Cédez-la-nous un instant, et allez en prendre une autre
qui ne sera pas mauvaise non plus autour d'une table là-bas à
la taverne de la porte Flaminia. Voilà cent sesterces.

CICADA.

Eh bien ! quand je vous disais qu'il était généreux, mon
patron!

LUCULLUS.

Tu es donc mon client, toi?

CICADA.

Certainement. C'est moi qui fais la roue, vous savez bien...
quand vous sortez avec votre belle voiture attelée de quatre chevaux... Ah ! si vous ne me connaissez pas, vos chiens me connaissent bien. Eh ! Bibrix; eh ! Jugurtha. (Il aboie.)

CICADA.

Vive Lucullus !

LUCULLUS.

Ah! je te reconnais, c'est toi qu'on appelle la Cigale. Voilà
cinq sesterces de plus pour toi. (Revenant aux autres.) Charmant sujet, qui ira loin si on ne l'arrête pas en route.

CATON.

Je ne vous comprends pas, Lucullus, de prodiguer votre argent à de pareils gueux.

LUCULLUS.

Ces gueux-là sont les rois du monde, mon cher Caton. — Ces
gueux-là tiennent dans leurs mains mon palais de Rome et ma
villa de Naples — votre ferme de la Sabine, Caton, votre maison
d'Arpinum, Cicéron. Ayez donc des égards pour ces gueux-là.

CATON.

Quand je verrai cette populace prête à disposer de mes maisons, j'aurai une torche pour brûler mes maisons ; quand je la
verrai prête à disposer de mes jours, j'aurai un couteau pour
en finir avec mes jours.

LUCULLUS.

Vous êtes de l'école stoïque, vous, Caton ; grand bien vous
fasse ; moi, je suis de l'école épicurienne, j'aime mes palais, et
je veux les garder. j'aime la vie et je veux vivre ; je laisse l'action aux autres ; je suis fatigué : j'ai amassé un peu de bien
dans ma questure d'Asie et dans ma préture d'Afrique, j'en jouis
avec mes amis, mes gens de lettres, mes artistes. (Mouvement
de Caton.) Et je sais bien ce que vous allez me dire . si vous laisser arriver tous ces agitateurs, tous ces Julius, tous ces Catilina, tous ces Céthegus, on vous dépouillera, on vous proscrira,
on vous égorgera peut-être ; que voulez-vous que j'y fasse ? Voir
mes biens affichés, fuir à travers bois et plaine, tendre ma gorge
au couteau, c'est un instant, c'est le désagrément
d'un quart d'heure. — Eh bien ! j'aime mieux souffrir un quart
d'heure et en finir, que de souffrir un an comme le consul de
cette année, et qui n'en finira pas, lui.

CATON

Vous faites la perspective sombre, Lucullus.

SCÈNE IV.

LES MÊMES, UN AFFRANCHI.

UN AFFRANCHI, vient à Cicéron.

Seigneur !

CICÉRON, à Lucullus et à Caton.

Vous permettez ?

CATON.

Faites.

LUCULLUS.

Venez, Caton , j'ai une idée. (Ils marchent en causant tandis
que Cicéron reste sur le devant avec l'Affranchi qui lui remet une
lettre.)

CICÉRON, après avoir lu.

Es-tu sûr qu'il y a réunion chez Catilina ce soir ?

L'AFFRANCHI.

J'en suis sûr.

CICÉRON.

Tu es sûr qu'il se présente aux élections?

L'AFFRANCHI.

La réunion de ce soir n'a pas d'autre but que d'assurer son
consulat.

CICÉRON.

Sur combien de voix compte- t-il ?

L'AFFRANCHI.

Il se vante d'en avoir déjà cent mille.

CICÉRON.

Hier au soir qu'a-t-il fait?

L'AFFRANCHI.

Il a soupé avec Aurélia Orestilla.

CICÉRON.

Et le matin?

L'AFFRANCHI.

On lui a apporté trois lettres.

CICÉRON.

De qui?

L'AFFRANCHI.

Une de César, une de Céthegus, une d'Aurilia Orestilla.

CICÉRON.

Lui fait-il toujours la cour?

L'AFFRANCHI.

Il parle de l'épouser.

CICÉRON.

C'est-à-dire d'épouser ses millions. A-t-il répondu aux messages reçus?

L'AFFRANCHI.

A celui de César, à celui d'Orestilla.

CICÉRON.

Sais-tu ce que contenaient les réponses?

L'AFFRANCHI.

Des rendez-vous probablement, car César a demandé ses chevaux et Orestilla sa litière.

CICÉRON.

Pour la même heure tous deux ou pour des heures différentes?

L'AFFRANCHI.

Pour la onzième heure tous deux.

CICÉRON.

Que fait Catilina en ce moment?

L'AFFRANCHI.

Quand j'ai quitté Rome, il en sortait lui-même par la rue Large.

CICÉRON.

Alors il vient ici

L'AFFRANCHI.

C'est probable.

CICÉRON.

Va. (L'Affranchi s'éloigne, Cicéron revient à Caton et à Lucullus.) Mille pardons, seigneurs; mais un avocat quand il a des clients est presque aussi occupé qu'un grand général, Lucullus... qu'un grand propriétaire, Caton ..

CATON.

Savez-vous ce que nous venons de décider Lucullus et moi?

CICÉRON.

Non, en vérité.

LUCULLUS.

Nous venons de vous nommer consul.

CICÉRON.

Bah! moi consul?

CATON.

C'est une affaire arrangée... Ah! ne secouez pas la tête... Lucullus ne veut pas de César : il flaire le tyran sous le débauché.

LUCCLLUS.

Et Caton refuse obstinément Pompée, il devine le dictateur sous le général. Nous vous faisons nommer. D'abord moi je donnerai un festin au peuple.

CICÉRON.

Vous voyez bien que voilà des extrémités.

CATON.

Et moi, s'il le faut, je me remettrai à jouer à la paume et à lancer le disque avec toute cette populace... c'est un moyen de lui plaire.

LUCULLUS.

Sans dépenser d'argent.

CICÉRON.

Merci.

LUCULLUS.

Moi, je réponds de douze tribus sur les trente-cinq.

CATON.

Moi, j'en aurai six... les plus purs... trente mille vieux Romains...

CICÉRON.

Vous croyez qu'il en reste tant que cela à Rome, Caton?

CATON.

J'en suis sûr.

LUCULLUS.

Eh bien! douze et six font dix-huit, dix-huit sur trente-cinq, c'est déjà la majorité. Et vous, Cicéron, de combien de voix disposez-vous?

CICÉRON.

De la mienne!

CATON.

Ce n'est pas beaucoup.

LUCULLUS.

Au contraire, c'est tout. Parlez, Cicéron, et vous ferez plus avec votre parole, que moi avec mes dîners et Caton avec sa gymnastique... Rentrez-vous avec nous en ville Tullius?

CICÉRON.

Non, je vais à Tusculum, je préparerai mon discours.

LUCULLUS.

Mes jardins sont sur la route de Tusculum, allons ensemble; vous ferez un simple goûter avec moi, et vous continuerez votre chemin.

CATON.

Et moi je reste... Allons, les discoboles... place pour moi.. (Il se mêle aux joueurs.)

LES JOUEURS.

Place au seigneur Caton!

LUCULLUS, à Caton.

Au revoir. (Passant au pied d'un arbre où Gorgo, Volens et Cicada boivent et mangent.) Ah! vous voilà, vous autres!

CICADA.

Oui, noble Lucullus, nous avons préféré faire notre petite collation dehors, au frais.

LUCULLUS.

Bon appétit.

CICADA.

A votre santé.

TOUS.

A la santé du seigneur Lucullus! (Cicéron et Lucullus sortent.)

SCÈNE V.

LES MÊMES, moins LUCULLUS et CICÉRON.

LES SPECTATEURS, à Caton qui lance le disque.

Bravo, seigneur Caton!

LES TROIS MANGEURS, la bouche pleine.

Bravo! seigneur Caton!

CATON.

C'est en s'exerçant de la sorte que les Romains commanderont toujours aux autres peuples. Dans un corps vigoureux, l'esprit se trouve plus à l'aise.

CICADA.

Seigneur Caton, pendant que vous y êtes, vous devriez essayer de lancer le disque de Rémus. Depuis six cent quatre-vingt-dix ans qu'il est sur là sur sa borne, personne ne l'a lancé; vous en auriez l'étrenne. (Il remonte.)

VOLENS.

Le seigneur Caton se nourrit trop légèrement pour tenter de faire de pareils tours de force.

CATON.

Rémus était un dieu, je ne suis qu'un homme; tout ce qu'un homme peut faire, j'essayerai de le faire; rien au delà. (Il disparaît avec les joueurs.)

CICADA.

Tiens! les patriciens ne sont donc pas plus que des hommes, seigneur Caton?

SCÈNE VI.

LES MÊMES, CATILINA.

CATILINA, allant droit à l'homme couché.

Où est Cicéron?

L'HOMME COUCHÉ.

Il est parti pour Tusculum.

CATILINA.

Que faisait-il ici?

L'HOMME.

Il causait avec Lucullus et Caton.

CATILINA.

Qu'ont-ils dit?

L'HOMME.

Ils se sont doutés que je les écoutais et se sont éloignés. Je crois cependant qu'il est question de faire Cicéron consul.

CATILINA, *laissant tomber une pièce d'or.*

C'est bien... Va m'attendre chez moi... (*L'homme se lève et sort.*)

VOLENS, *se levant.*

Ah! c'est le seigneur Catilina!

TOUS, *rentrant.*

Catilina! Catilina!... Vive Catilina!... (*Ils abandonnent Caton et vont à Catilina.*)

CATILINA.

Oui, mes amis, c'est moi... Bonjour, mes amis; bonjour.

CATON.

Braves gens, en voilà un patricien — et des plus vieux, sinon des plus purs! Il descend de Sergeste, le compagnon d'Énée; il le dit du moins. Il est un peu pâle, c'est vrai; un peu débraillé, c'est encore vrai; mais enfin — comme je vous le disais — c'est un patricien. Demandez-lui donc un peu de lancer le disque de Rémus, à lui?

CATILINA.

Mes amis, il m'est arrivé cent chevreaux tendres de mes bergeries de Clytumne. Ne manquez pas d'en venir prendre votre part demain. Les tables seront dressées dans mes jardins du Palatin.

TOUS.

Vive Sergius! Vive Catilina!

CATILINA.

Eh! bonjour, cher seigneur Caton; ne me faisiez-vous pas l'honneur de m'adresser la parole, ou tout au moins de parler de moi?

CATON.

Justement! Ces honnêtes citoyens, vos amis, me raillaient de ce que je n'ose me hasarder à lancer le disque de Rémus... J'avouais mon impuissance; mais je disais que vous, le descendant du robuste Sergeste, vous seriez moins timide que moi.

CATILINA.

N'avez-vous point tout simplement répondu que c'était impossible, seigneur Caton?

CATON.

Oui; mais impossible à moi. Je ne suis pas Catilina; je n'ai pas une réputation galante à soutenir auprès des dames romaines. *Une litière entre à ce moment avec le cortége d'Aurélia.*)

SCÈNE VI.

LES MÊMES, AURÉLIA ORESTILLA, en *litière découverte*, CÉSAR, *à cheval; esclaves portant le parasol et l'éventail, esclaves portant le marchepied, les tapis, les siéges.*

CATON.

Or, en voici une qui nous arrive, la belle — la riche Aurélia Orestilla, qui, dit-on, vous tient au cœur; et à sa suite, votre bien-aimé Julius César, fils de Vénus! Allons, Catilina, un peu d'amour-propre... Faites pour tous ces beaux yeux-là ce que je ne puis faire moi... L'impossible! La main à l'œuvre, noble Sergius; madame vous regarde et vos amis attendent...

CATILINA.

Les dames savent ce que nous valons l'un et l'autre, illustre Caton... ne me demandez donc rien pour elles... Mes amis nous connaissent, vous et moi... ne me demandez donc rien pour eux...

CATON.

Alors je vous adjure au nom de cette noble populace, qui vous prend pour un demi-dieu en attendant qu'elle vous prenne pour un roi! (*Murmures.*)

CATILINA.

Oh! ceci, c'est différent... Pour ces nobles Romains, mes concitoyens, mes égaux... pour ces fils de Rémus, mes frères... — j'essaierai!

CATON.

Prenez garde à votre manteau... les plis vous gêneront!

CATILINA.

Merci! (*Aux spectateurs.*) Romains, quand vos fils vous de-

manderont ce qu'est devenu le disque de Rémus, qui est resté six cent quatre-vingt-dix ans scellé à cette pierre et que nul homme ne pouvait soulever... vous leur direz ceci: « Un jour, sur le défi de Caton, Lucius Sergius Catilina s'est approché de ce cippe, a brisé la chaîne qui retenait le disque, et d'ici, entendez-vous bien, d'ici... il a jeté le disque dans le Tibre. (*A mesure qu'il parle, Catilina fait ce qu'il annonce, et jette le disque dans le Tibre. Acclamations.*)

TOUS, *regardant dans l'eau.*

Bravo! Catilina!...

CATILINA.

Qu'en dis-tu, Caton?...

CATON.

Je dis que si tu as le cœur aussi fort que le bras, Rome est perdue... (*Il ramasse sa toge et sort.*)

TOUS.

Bravo! Catilina!... (*On entoure Catilina pour le féliciter.*)

SCÈNE VII.

LES MÊMES, *moins* CATON; *plus* CHARINUS *et* SYRUS; *puis* CURIUS, *qui sont rentrés et ont vu lancer le disque.*

CHARINUS.

As-tu vu, Syrus, quelle vigueur! quelle adresse!... Oh! que mon père eût été heureux de voir ce beau jeune seigneur lancer ainsi le disque!

SYRUS.

Il eût été bien plus heureux de vous le voir lancer à vous-même. Rentrez-vous, maître?

CHARINUS.

Non; va rendre à ma mère la réponse de mon père, et dis-lui que je suis ici à chasser les oiseaux avec ma fronde... Va! (*Syrus va vers la maison.*)

CÉSAR, *s'approchant de Catilina.*

De pareils exploits sont brillants, mon cher Sergius; mais parfois ils coûtent cher.

CATILIN.

Bonjour, Julius; pourquoi dites-vous que de pareils exploits coûtent cher?

CÉSAR.

Parce que l'on a vu des athlètes se rompre un vaisseau dans la poitrine, ce qui, à moins de très-grandes précautions, est presque toujours un accident mortel.

CATILINA.

Rassurez-vous, César, ce n'est rien.

CÉSAR.

C'est que dans le cas où vous souffririez, j'ai là mon médecin Archigènes et je pourrais vous l'envoyer... Mais que regardez-vous donc ainsi, Sergius?

CATILINA, *montrant Charinus.*

Voyez donc le bel enfant, César, le connaissez-vous?

CÉSAR.

Non.

CATILINA.

C'est étrange, il me semble que je le connais, et cependant.... non, je ne l'ai jamais vu.

ORESTILLA.

Eh bien, seigneur César?...

CÉSAR.

Me voilà, madame... Vous savez ce que je vous ai dit, Catilina, à propos de mon médecin.

CATILINA.

Merci, César.

CHARINUS, *s'avançant vers Catilina.*

Mais, je ne me trompe pas, on dirait qu'il souffre... Comme il pâlit... Oh! si j'osais lui parler... Seigneur! seigneur!

CATILINA.

Qu'y a-t-il, mon enfant?

CHARINUS.

Vous chancelez!

CATILINA.

Tu te trompes.

CHARINUS.

Vous avez sur les lèvres une écume de sang.

CATILINA.

Chut!

CHARINUS, *lui tendant une gourde.*

Oh! tenez, seigneur, buvez, buvez, et ne méprisez pas le vase; il a été sculpté par un pâtre du mont Olympe.

CATILINA

Merci, mon enfant, merci... (*Il boit.*) Veuillez m'attendre un instant. (*Apercevant Curius qui cause avec Orestilla, il s'arrête et regarde.*)

ORESTILLA.

Curius, vous me fatiguez ; je veux écouter César, et vous me forcez de vous entendre. Taisez-vous.

CURIUS.

Madame, j'ai du malheur près de vous... Vrai, je mérite mieux...

ORESTILLA.

Si Fulvie était là, me diriez-vous tout ce que vous me dites ? Fulvie que vous ne quittiez pas plus que votre ombre. Que les hommes sont perfides, César !... Prenez garde, Curius : Fulvie est jalouse.

CURIUS.

Jalouse... (*Il regarde autour de lui.*)

CÉSAR, *à Orestilla.*

Vous l'avez fait pâlir de peur ce pauvre Curius... Ah ! voilà un homme qui aime.

ORESTILLA.

Vraiment ! Je le regarderai de plus près demain. (*A Catilina.*) Et depuis quand, Catilina, êtes-vous devenu si modeste ? Comment ! vous accomplissez un exploit digne d'Hercule, vous lancez le disque de Rémus, vous chassez Caton, deux triomphes, et vous ne venez point recueillir nos remercîments et nos bravos !

CATILINA.

Vous avez là, madame, un charmant flacon.

ORESTILLA.

Oui, n'est-ce pas ; il est d'or, et sculpté par Ephialtes de Corinthe.

CÉSAR.

Pauvre Rome ! Toutes les fois qu'elle possède quelque chose de beau, cette chose lui vient de la Grèce.

CATILINA.

Voulez-vous me le céder, madame ? je vous donnerai en échange le vase murrhin que vous daignâtes remarquer dans mon vestibule la dernière fois que vous me vîntes voir.

ORESTILLA.

Prenez. Continuez, seigneur Julius ; ce que vous me disiez m'intéresse fort.

CATILINA, *revenant à Charinus.*

Jeune homme, rendez-moi un service.

CHARINUS.

Volontiers, seigneur.

CATILINA.

Cette gourde, dont la liqueur vient de me rappeler à la vie, donnez-la-moi.

CHARINUS.

Avec bien du bonheur. Gardez-la.

CATILINA.

Mais à une condition : acceptez en échange ma gourde, à moi, que voici.

CHARINUS.

Oh ! seigneur, ce flacon est trop précieux... Je ne puis.

CATILINA.

Par grâce !

CHARINUS.

Je consulterai mon père. Il va venir ; et s'il y consent, j'accepterai, seigneur...

CATILINA.

Je me charge d'obtenir son consentement... Prenez toujours.

ORESTILLA, *montrant à César une litière qui entre.*

César, César, voyez donc !

CÉSAR.

Fulvie dans une litière de louage ! Mais elle est donc ruinée tout à fait ?

ORESTILLA.

Elle s'arrête ! ah ! nous allons voir quelque chose d'amusant.

SCÈNE VIII.

LES MÊMES, FULVIE.

FULVIE, *de la litière fait appeler Curius par un de ses gens, et lorsqu'il l'a vue :*

Bien, Curius ! vous vous consolerez facilement de mon ab-

sence ; cela me rassure.

CURIUS.

Fulvie ! (*Il court à elle.*)

FULVIE.

Laissez-moi ! Adieu.

CURIUS.

Mais !

FULVIE.

Loin d'ici, vous dis-je ! (*A ses porteurs.*) Allez, vous autres ! (*Curius suit la litière qui s'éloigne.*)

ORESTILLA.

Oh ! le pauvre Curius, le voilà désespéré !

CÉSAR.

Vous alliez me demander quelque chose quand Fulvie est arrivée.

ORESTILLA.

Oui, j'allais vous demander si vous connaissiez cet enfant avec lequel cause Sergius.

CÉSAR.

Non, c'est la première fois que je le vois.

ORESTILLA.

Il est charmant...

CÉSAR, *à part.*

Ce que c'est que la sympathie ; elle le déteste.

SYRUS, *revenant.*

Me voici, maître !

CHARINUS, *à Syrus.*

Tiens, prends ce beau flacon, que je pourrais briser en faisant mes exercices.. As-tu ramassé des cailloux pour ma fronde ?

SYRUS.

J'en ai plein le pan de mon manteau.

CHARINUS.

Eh bien ! allons par la route où doit venir mon père. (*A Catilina.*) Où vous retrouverai-je, seigneur ?

CATILINA.

Ici. (*A Curius, qui revient tout effaré.*) Eh bien !

CURIUS.

Mon cher Sergius !

CATILINA.

Oh ! grands dieux ! que vous arrive-t-il ?

CURIUS.

Un affreux malheur. Fulvie va faire un coup de tête. Je suis désespéré.

CATILINA.

A quoi puis-je vous être bon ?

CURIUS.

Il me faudrait quelques hommes dont je fusse sûr.

CATILINA.

Courez jusqu'à la porte Flaminia : j'ai là six gladiateurs, prononcez le mot de passe : *Vigil*, et ils vous obéiront.

CURIUS.

Merci, merci !

ORESTILLA, *à Catilina qui se rapproche d'elle.*

En vérité, Sergius, je commençais à renoncer à l'espoir de votre société pour aujourd'hui.

CATILINA, *riant.*

Vous le savez, madame, on se doit avant tout aux malheureux !

ORESTILLA.

De qui parlez-vous ?

CATILINA.

De Curius, qui vient de sortir désespéré.

ORESTILLA.

Et ce bel enfant que vous aimez si fort, est-il aussi malheureux ?

CATILINA.

Quel enfant ?

ORESTILLA.

Celui avec qui vous causiez tout à l'heure.

CATILINA.

Moi, madame, je ne le connais pas.

ORESTILLA.

Vous ne le connaissez pas !

CATILINA.

Non, par Castor, en vérité, je le vois aujourd'hui pour la première fois ; il faut qu'il soit depuis peu de temps à Rome.

ORESTILLA.

Vous ne le connaissez pas, et vous lui donnez mon flacon.

CATILINA.

Vous le savez, il y a des entraînements dont on n'est pas le maître.

ORESTILLA.

Oui, c'est comme les répulsions. *(Bas à une femme esclave qui porte le costume égyptien.)* Nubia, tu sauras quel est cet enfant. Continuez, César. Oh! vous nous avez interrompu au milieu de la plus intéressante conversation; César et moi nous parlions pâtes et essences. Sav z-vous que c'est un général de première force sur la toilette!

CATILINA.

Il mentirait à son origine s'il en était autrement; on n'est pas petit-fils de Vénus pour rien.

ORESTILLA.

Voyons, César, voyons, comment vous faites-vous ce teint que toutes les femmes vous envient?

CÉSAR.

Voulez-vous ma recette? il n'y a rien que je ne fasse pour vous obliger.

ORESTILLA.

Sans intérêt, au moins?

CÉSAR.

Nous compterons plus tard.

ORESTILLA.

En vérité, vous êtes charmant! quelle différence il y a entre vous et certaines gens que je connais... Décidément le seigneur Sergius est distrait aujourd'hui.

CATILINA.

Pardon, c'est étrange... Mais je regardais...

ORESTILLA.

Quoi donc?

CATILINA.

Une tourterelle d'Égypte qui vient de se poser sur ce chêne; elle se sera échappée de quelque volière.

ORESTILLA.

Une tourterelle d'Égypte! il n'y a que moi qui en aie deux à Rome.

CATILINA.

Et vous y tenez?

ORESTILLA.

J'ai un esclave dont le seul soin est de s'occuper d'elles.

SCÈNE IX.

LES MÊMES, STORAX.

STORAX, *entrant à petits pas.*

Chut! chut! chut!... Cocote, cocote, petite... auriez-vous par hasard vu une tourterelle bleue?

CICADA, *lui montrant la tourterelle sur un arbre.*

Tiens, là... regarde!

STORAX.

Oui, oui, je la vois; petite, petite! *(à Cicada)* viens ici, toi *(il lui fait la courte échelle)*, viens ici, monte sur mes épaules *(Cicada monte.)*

ORESTILLA, *se levant.*

Mais je ne me trompe pas!...

CÉSAR.

Qu'y a-t-il?

ORESTILLA.

C'est ce coquin de Storax!

CATILINA.

Cet esclave est à vous?

ORESTILLA.

C'est le gardien de mes tourterelles.

CATILINA.

Je lui en fais mon compliment, il les garde bien.

ORESTILLA.

Taisez-vous, je vous déteste.

STORAX.

Bon, la voilà repartie. *(A Cicada.)* C'est ta faute, petit malheureux!

ORESTILLA.

Ah! le misérable!... ici Storax.

STORAX.

La maîtresse! Bon Jupiter, je suis perdu.

CATILINA.

Oh! l'excellente figure de bandit!

ORESTILLA.

Que cherches-tu donc, mon petit Storax?

STORAX.

Rien, maîtresse... rien; je me promène.

ORESTILLA.

Et mes tourterelles d'Egypte?

STORAX.

Aïe!

ORESTILLA.

Où sont-elles?

STORAX.

Aïe! aïe!

ORESTILLA.

C'est que, si jamais tu en perdais une... je te plaindrais, bon Storax.

STORAX.

Aïe! aïe! aïe!

CATILINA.

Pas de colère, Orestilla... vous ne vous faites pas idée combien la colère enlaidit.

ORESTILLA.

De la colère, moi, jamais!... Storax mes tourterelles!

STORAX, *les mains jointes.*

Maîtresse!...

ORESTILLA.

Prends garde au carcan, Storax... Mes tourterelles...

STORAX, *à genoux.*

Maîtresse!...

ORESTILLA.

Prends garde au fouet.

STORAX.

Maîtresse... je la rattraperai... Maîtresse, il y a des gens qui courent après... Elle est là-bas, sur un petit arbre pas plus haut que cela. *(Se jetant la face contre terre.)* Ah! Jupiter!

CATILINA.

Qu'y a-t-il encore?

CATILINA.

De la générosité, Orestilla... Votre tourterelle vient d'être tuée d'un coup de fronde.

ORESTILLA.

Tuée!... ma tourterelle tuée!... et par qui?

CATILINA.

Par un enfant qui était loin de se douter qu'il vous privait d'un bien si précieux.

ORESTILLA.

Par ce jeune homme qui causait là avec vous tout à l'heure?

CATILINA.

Je suis forcé de l'avouer.

ORESTILLA.

Ah! *(Montrant Storax.)* Qu'on emmène cet homme, et qu'on le mette en croix. Ma litière! *(La litière entre; deux gladiateurs se tiennent près du disque; on relève les coussins, et l'on prend le tapis.)*

CATILINA.

Grâce pour lui, Orestilla.

ORESTILLA.

Taisez-vous!

CATILINA.

En croix pour un oiseau envolé!

ORESTILLA.

En ai-je le droit, oui ou non? Cet esclave est-il à moi?

CATILINA.

Oh! puisque vous le prenez ainsi! *(Se reculant, à Storax.)* Tu entends?

STORAX.

Je crois bien, que j'entends.

CATILINA.

Debout, et sauve-toi.

STORAX.

Le Champ de Mars est gardé, je serai pris.

CATILINA.

Cours vite.

STORAX.

Je n'ai plus de jambes.

CATILINA.

Crève, alors.

ORESTILLA, *à ses esclaves.*

Emparez-vous de lui. (*Aux deux gladiateurs.*) Emmenez cet homme, et que dans une heure il soit mort. Ne m'attendez pas ce soir, Sergius.

CATILINA, *s'inclinant.*

Votre place restera vide.

CÉSAR, *conduisant Orestilla à sa litière.*

En vérité, la colère vous va à merveille, et jamais je ne vous ai vue si belle.

ORESTILLA

Venez voir demain l'effet de votre recette.

CÉSAR.

Je n'y manquerai pas. (*Il salue.*)

NUBIA, *bas.*

Faut-il toujours s'informer de ce jeune homme?

ORESTILLA.

Plus que jamais.

SCÈNE X.

LES MÊMES, UN ESCLAVE.

L'ESCLAVE, *s'approchant de Catilina.*

De la part de Lentulus.

CATILINA.

Qu'est-ce?

L'ESCLAVE.

Une lettre... tendez votre main.

CATILINA.

Impossible, César me regarde... trouve moyen de la glisser sous mon manteau qui est là, au pied du tombeau de Sylla..

L'ESCLAVE.

Bien!

ORESTILLA, *dans la coulisse.*

Ce n'est pas assez de la croix; qu'on l'écorche vif. (*On conduit Storax, et on emporte la litière.*)

CÉSAR.

Cette femme est tout cœur. (*A Catilina.*) Quel bon petit ménage vous ferez, Sergius.

CATILINA.

Vous m'avez abandonné, César.

CÉSAR.

Comment?

CATILINA.

Vous si miséricordieux... vous qui faisiez couper la gorge aux pirates avant que de les pendre... vous qui faites panser les gladiateurs blessés, vous à qui on reproche d'être trop humain, vous n'avez pas trouvé une seule parole en faveur de ce malheureux.

CÉSAR.

Vous êtes charmant, je ne veux pas me brouiller avec Orestilla. C'est bon pour vous qui épousez... Adieu Sergius.

CATILINA.

Vous partez?...

CÉSAR.

Je vais au bain.

CATILINA.

Et du bain?

CÉSAR.

A un rendez-vous.

CATILINA.

Servilie?

CÉSAR.

Eh! mon Dieu! oui.

CATILINA.

Toujours?

CÉSAR.

Il faut qu'elle m'ait donné quelque philtre.

CATILINA.

Vous l'aimez?

CÉSAR.

Follement!... Que dites-vous de cette perle?

CATILINA.

Je dis qu'elle vaut un million de sesterces.

CÉSAR.

Je viens de l'acheter douze cent mille.

CATILINA.

Et... payée?...

CÉSAR.

Allons donc!... pour qui me prenez-vous?

CATILINA.

Les bijoutiers vous font donc encore crédit?

CÉSAR.

Je leur ai donné rendez-vous dans ma prochaine préture. Tenez, Sergius, un conseil... faites-vous nommer préteur! Le préteur, c'est le prince, c'est le satrape, c'est le roi! La province tout entière est à lui! Est-il prodigue? A lui l'or et l'argent! Est-il artiste? A lui les tableaux et les statues! Est-il libertin? A lui les femmes et les filles! Vous êtes prodigue, artiste, libertin... Catilina, faites-vous nommer préteur!

CATILINA.

Non; je veux être consul.

CÉSAR.

Alors, disposez de moi... j'ai soixante mille voix à votre service. Vous avez besoin d'argent?

CATILINA.

Certes!

CÉSAR.

Epousez Orestilla, vous m'en prêterez... Mais, hâtez-vous, elle se ruine... et pour peu que vous tardiez, vous n'aurez plus que des restes... Adieu, Sergius!

CATILINA.

Un mot encore... Vous verra-t-on ce soir?

CÉSAR.

Où cela?

CATILINA.

Chez moi.

CÉSAR.

Je ferai tout pour y aller: seulement aidez-moi à traverser tout ce populaire.

CATILINA.

Prenez mon bras.

LE PEUPLE.

Vive Sergius! vive Catilina!

CÉSAR.

Ces gens-là vous adorent, mon cher Sergius.

LE PEUPLE (*mouvement*).

Vive Julius César!

CATILINA.

Et vous, donc... écoutez-les.

CÉSAR.

Ma, foi oui... Oh! que nous avons mauvaise réputation, mon cher... Adieu... adieu... (*Il se sauve, escorté du peuple.*)

SCÈNE XI.

CLINIAS et CHARINUS, *puis* CATILINA.

CLINIAS.

Mais où donc est ce seigneur qui t'a donné ce flacon?

CHARINUS.

Il était ici... il devait attendre ici... Eh! tenez, je crois que le voilà.

CLINIAS.

Es-tu sûr que ce soit lui?

CHARINUS.

Lui-même, mon père.

CLINIAS.

Alors, venez, Charinus. (*S'avançant vers Catilina.*) Permettez, seigneur, que mon fils et moi... (*S'arrêtant.*) Par Jupiter! je ne me trompe pas!

CHARINUS.

Qu'y a-t-il, mon père?

CLINIAS.

C'est lui!...

CATILINA.

Eh bien?

CLINIAS.

Dieux vengeurs! (*Il prend le flacon et le jette aux pieds de Catilina.*) Viens, Charinus... viens...

CHARINUS.

A la maison, mon père?

CLINIAS.

Non, non... suis-moi. (*Il s'éloigne précipitamment et emmène Charinus.*)

SCENE XII.

CATILINA, seul.

Pourquoi donc cet homme me fuit-il ainsi?... Pourquoi donc repousse-t-il mes présents avec horreur?... Il y a quelque mystère là-dessous... je le saurai... Allons! me voilà seul!... Tous sont partis... L'esclave de Lentulus a mis la lettre de son maître sous mon manteau. (*Il lève le coin de son manteau.*) Storax!

SCENE XIII.

CATILINA, STORAX, sous le manteau.

CATILINA.

Storax sous mon manteau!

STORAX.

C'est Jupiter sauveur qui m'a indiqué cet asile.

CATILINA.

Tu es donc parvenu à te sauver, enfin?

STORAX.

Le divin Mercure m'est venu en aide.

CATILINA.

Il te devait bien cela... car tu me parais être un de ses plus fervents adorateurs... Et de quelle façon le prodige s'est-il opéré?

STORAX.

En passant sur le pont...

CATILINA.

Oui, je comprends... tu t'es jeté dans le Tibre?

STORAX.

Justement... Je suis assez bon plongeur... j'ai nagé entre deux eaux, j'ai gagné de grandes herbes, puis des herbes le rivage, puis du rivage votre manteau... Il m'a semblé puis que vous aviez intercédé pour moi que je pouvais me confier à vous.

CATILINA.

Mais si j'eusse relevé mon manteau devant des étrangers?

STORAX.

Oh! j'étais bien sûr que vous ne le lèveriez pas, seigneur... Il cachait un objet trop précieux.

CATILINA.

Et quel objet?

STORAX.

Cette lettre du seigneur Lentulus...

CATILINA.

Tu l'as lue, drôle?

STORAX.

Je n'ai pas pu faire autrement dans la position où je me trouvais; j'avais le nez dessus.

CATILINA.

Alors comme il fait nuit et que je ne puis pas la lire, tu vas me dire ce qu'elle contient.

STORAX.

Huit mots, mon cher seigneur; pas un de plus, pas un de moins.

CATILINA.

Et ces huit mots?

STORAX.

Pois chiche est mûr, il faut le manger.

CATILINA.

Et cela signifie?

STORAX.

Si je n'ai pas compris?

CATILINA.

Ce sera bien!

STORAX.

Et si j'ai compris?

CATILINA.

Ce sera mieux.

STORAX.

Eh bien, mon bon seigneur, avec votre permission il me semble que le pois chiche, c'est un petit nom d'amitié que l'on donne à un grand orateur nommé Marcus Tullius...

CATILINA.

Pas mal.

STORAX.

Cicéron... Quant à sa maturité il pourrait bien être question, ce me semble, de son prochain consulat.

CATILINA.

Bien.

STORAX.

On ne mange pas les hommes, seigneur; mais les pois, quand ils sont mûrs, on les cueille.

CATILINA.

Très-bien, sortons d'ici.

STORAX.

Mon bon seigneur, n'oubliez pas qu'on me cherche pour me crucifier.

CATILINA.

Tu as raison, enveloppe-toi de ce manteau, et tâche d'avoir l'air d'un honnête homme.

STORAX, avec un soupir.

Ah!...

CATILINA.

Et maintenant viens!

STORAX.

Où cela?

CATILINA.

Chez moi.

STORAX.

O fortune! est-ce que j'aurais enfin mis la main sur tes trois cheveux!

ACTE II.

TROISIÈME TABLEAU.

LA MAISON DE CATILINA AU PALATIN.

La salle à manger donnant sur de vastes jardins.

SCENE I.

CURIUS *seul, regardant, puis* FULVIE, *apportée par les quatre gladiateurs dans une litière.*

CURIUS.

Oh! je ne me trompe pas, ils entrent. Oui, ce sont bien eux... ils l'ont rejointe, par Jupiter! J'avais peur qu'elle n'eût changé de route. Je respire. (*La litière entre et s'arrête devant la porte.*)

FULVIE.

Où m'avez-vous conduite, et quel est le but de cette violence?

UN DES HOMMES.

Vous êtes arrivée, madame.

CURIUS, *ouvrant la porte de la litière.*

Vous êtes libre, Fulvie.

FULVIE.

Curius!

CURIUS, *donnant sa bourse aux porteurs.*

Tenez, vous êtes maintenant de cinq cents sesterces plus riches que moi. (*Les gladiateurs s'éloignent.*)

FULVIE.

Ah! c'est donc de vous que m'est venu cet empêchement de continuer ma route?

CURIUS.

Allez-vous me punir de n'avoir pu supporter la pensée que j'allais vous perdre?

FULVIE.

Pensez-vous m'avoir retrouvée, parce que vous m'avez reprise?

CURIUS.

Fulvie, écoutez-moi... Fulvie, de grâce...

FULVIE.

Oh! par Vénus, je sais tout ce que vous allez me dire... vous m'aimez plus que jamais, n'est-ce pas? c'est tout simple, je ne vous aime plus.

CURIUS.

Mais pourquoi ne m'aimez-vous plus, Fulvie?

FULVIE.

Vous faites là une sotte question, mon cher Curius. Ne savez-vous pas que celles qui n'aiment plus ont toujours de bonnes raisons pour cesser d'aimer?

CURIUS.

Mais enfin ces raisons exposez-les-moi, peut-être serai-je assez heureux pour les combattre.

FULVIE.

Vous allez vous faire dire des choses désagréables, Curius. Prenez garde...

CURIUS.

Mais peut-être, si vous ne parlez pas, allez-vous m'en faire penser de plus désagréables encore.

FULVIE.

Bon! que penserez-vous? je suis curieuse de le savoir.

CURIUS.

Eh bien, je penserai que le Curius, qui possédait quarante millions de sesterces, il y a six mois, n'eût pas reçu, il y a six mois, de Fulvie l'accueil qu'il en reçoit aujourd'hui qu'il est ruiné.

FULVIE.

Bravo, Curius!

CURIUS.

Comment bravo?

FULVIE.

Eh bien, oui, vous avez deviné juste et je vous applaudis.

CURIUS.

Vous avouez que c'est ma ruine qui vous rend indifférente pour moi. Mais cette ruine que vous me reprochez, c'est vous qui en êtes la cause.

FULVIE, se levant.

Ah! je m'attendais à cela. En vérité, Curius, on dirait que vous me prenez pour une courtisane grecque. Vous avez dépensé avec moi quarante millions de sesterces; eh bien, moi, j'en ai dépensé trente millions avec vous; la différence n'est pas si grande, ce me semble. Vous êtes un Curius, je suis une Métella. Bref, vous m'avez aimée et vous me l'avez dit, j'ai eu du goût pour vous et je vous l'ai prouvé, nous sommes quittes. Maintenant vous voulez que moi, qui suis jeune, j'aille m'embarrasser d'un homme qui n'a rien? Vous voulez que vous, qui n'avez pas trente ans, qui portez un beau nom, et par conséquent, pouvez faire un riche mariage, j'aille vous embarrasser d'une femme ruinée? En vérité, mon cher, ce serait une double sottise. Je vous en laisse ma part.

CURIUS.

J'emprunterai, Fulvie, et nous vivrons comme par le passé.

FULVIE.

S'il y avait encore des prêteurs d'argent à Rome, mon cher Curius, je les eusse trouvés aussi bien que vous. Mais voyons, avouez-le, vous savez bien qu'il n'y en a plus.

CURIUS.

Eh bien, je me ferai homme politique. Je puis arriver à la préture comme un autre.

FULVIE.

Et avec quoi? c'est très-cher la préture.

CURIUS.

Oh! vous êtes résolue, je le vois bien. Vous me remplacez déjà en pensée; et moi qui vous aimais malgré vos coquetteries, malgré vos caprices, malgré votre méchante réputation!

FULVIE.

Prenez garde, Curius, vous ne parlez plus comme un patricien, mais comme un paysan ivre. Est-ce que je vous ai jamais rappelé votre procès avec le juif du forum? Est-ce que vous ai reproché d'avoir été chassé du sénat? Est-ce que... Tenez, quittons-nous, Curius... haïssons-nous, mais ne nous dégradons pas.

CURIUS.

Il est impossible que vous soyez cruelle à ce point... vous en aimez un autre, Fulvie!... Vous avez fort applaudi Cicéron, ce me semble, et Cicéron paraissait tout fier de vous avoir fait applaudir.

FULVIE.

C'est vrai, j'aime Cicéron. Quand il parle, j'oublie que c'est un homme nouveau. Il se peut bien qu'il m'ait remarquée, peut-être même m'a-t-il suivie...

CURIUS.

Oh! cet homme nouveau comme vous l'appelez est riche à millions.

FULVIE.

C'est vrai encore: mais tranquillisez-vous, ce n'est pas plus lui qui vous remplacera que Sergius ou César. Ce soir quand vous m'avez fait arrêter je quittais Rome.

CURIUS.

Vous quittiez Rome?

FULVIE.

Mes équipages sont saisis, ma maison va être vendue, je n'ai plus un esclave à moi. Que voulez-vous que je fasse à Rome?

CURIUS.

Et où allez-vous?

FULVIE.

A Corinthe, chez ma sœur Métella, où j'attendrai des temps meilleurs.

CURIUS.

Un exil! vous souffrirez l'exil!

FULVIE.

Je souffrirai la mort plutôt que la honte, et c'est une honte pour moi de voir qu'il y a à Rome des gens qui ne sont pas encore ruinés.

CURIUS.

O Fulvie!

FULVIE.

Oui, je l'avoue, quand Aurélia Orestilla, quand cette ancienne affranchie, quand cette veuve d'un publicain qui avait à peine le droit de porter l'anneau de fer, passe avec ses mules africaines, ses esclaves nubiens, ses eunuques de Bithynie; quand sur le passage de sa litière tout le monde se retourne tout le monde s'arrête, tout le monde admire; alors moi, Curius, moi qui suis à pied, moi qui porte sur moi tout ce qui me reste de joyaux d'or, moi qui passe inaperçue dans la foule comme je passais ce soir au Champ de Mars où vous ne m'eussiez pas vue si je vous eusse touché l'épaule, alors... mais je ne sais pas pourquoi je vous dis tout cela; dans deux heures je serai sur la route de Corinthe, adieu Curius, adieu.

CURIUS.

Mais vous êtes chez Catilina, restez au souper qu'il vous donne ce soir. Il est prévenu, il vous attend.

FULVIE.

Croyez-vous que sur la route je n'aie pas reconnu ses gladiateurs? qu'en arrivant ici je n'aie pas reconnu sa maison? Il comptait sur moi au souper, dites-vous?

CURIUS.

Oui.

FULVIE.

Remerciez-le pour moi, Curius, mais je n'accepte pas un festin que je ne puis rendre. Moi parasite, vous n'y pensez pas! faites pour moi mes compliments à la belle Aurélia Orestilla, la reine du festin, moi je pars; adieu, Curius.

CURIUS.

Ecoutez-moi une dernière fois.

FULVIE.

Avez-vous à me dire quelque chose que je n'aie point encore entendu?

CURIUS.

Fulvie, ne partez que dans huit jours.

FULVIE.

Adieu, Curius.

CURIUS.

Ne partez que dans trois jours.

FULVIE.

Adieu.

CURIUS.

Fulvie, ne partez que demain... Demain, ce soir même un grand changement peut se faire.

FULVIE, revenant.

Dans votre sort?

CURIUS.

Dans notre sort à tous.

FULVIE.

Encore quelque leurre.

CURIUS.

Restez, Fulvie, restez deux heures, et dans deux heures, vous avouerez que tout votre patrimoine perdu, toute votre fortune dévorée étaient la médiocrité, la pauvreté, la misère près de l'état nouveau qui nous attend tous les deux.

FULVIE.

Qui nous attend...

CURIUS.

Que voulez-vous? qu'ambitionnez-vous? Parlez, que vous faut-il?

FULVIE.

Prenez garde, les désirs d'une âme comme la mienne n'ont pas de bornes. J'ambitionne tout... je veux tout.

CURIUS.

Eh bien, souhaitez... imaginez... rêvez. Votre tout à vous, ce n'est rien. Mais attendez, Fulvie, attendez, attendez deux heures... c'est tout ce que je vous demande de temps pour vous prouver que je ne mens pas.

FULVIE.

Vous êtes fou, Curius, ou bien...

CURIUS.

Ou bien...

FULVIE.

Ou bien ce que l'on dit de Catilina est vrai.

SCÈNE II.

LES MÊMES, CATILINA.

CATILINA.

Et que dit-on de Catilina, belle Fulvie ?

FULVIE.

On dit qu'il donne ce soir une fête charmante à laquelle il a bien voulu m'inviter, et dont je prends ma part avec grand plaisir... pourvu qu'il me soit permis de continuer d'y quereller à mon gré Curius.

CATILINA, montrant le jardin.

A droite vous trouverez l'allée des querelles, Fulvie... à gauche vous trouverez la grotte des raccommodements, Curius.

CURIUS.

Venez, Fulvie.

FULVIE.

Vous me direz tout ?

CURIUS.

Oui. (Ils sortent.)

SCÈNE III.

CATILINA, seul.

Va, pauvre fou... pour un jour, pour une heure d'amour de plus trahis tes amis. Ce que tu devrais cacher même à la femme qui t'aimerait, dis-le à la femme qui ne t'aime plus. On ne craint pas les dénonciateurs quand on a le peuple romain tout entier pour complice. (A des serviteurs.) Mon barbier et mon médecin. Viens, Storax.

SCÈNE IV.

CATILINA, STORAX, puis LE BARBIER.

STORAX.

Nous sommes arrivés ?

CATILINA.

Oui, tu n'as plus rien à craindre, tu peux jeter là ce manteau.

LE BARBIER.

Vous m'avez demandé, maître ?

CATILINA.

Change-moi la tête de cet homme-là.

STORAX.

Ah! oui, si c'est possible.

CATILINA.

Tout est possible à mon barbier... c'est un faiseur de miracles. Entrez, Chrysippe... toi, emmène cet homme et fais vite. (Storax et le barbier sortent.)

SCÈNE V.

CATILINA, CHRYSIPPE, entrant.

CATILINA, donnant la main à Chrysippe qui lui tâte le pouls. Eh bien?

CHRYSIPPE.

Eh bien, vous avez la fièvre.

CATILINA.

Tu ne m'apprends rien de nouveau. Mais d'où me vient cette fièvre ?

CHRYSIPPE.

Vous vous serez encore déchiré la poitrine en faisant quelque effort.

CATILINA.

J'ai lancé le disque de Rémus.

CHRYSIPPE.

C'est cela, toujours le même. Quand les autres boivent la coupe d'Hercule, vous videz, vous, l'amphore tout entière. Quand aux fêtes de Vénus, les autres veillent trois jours, vous veillez, vous, toute la semaine. Quand les autres lancent le palet ordinaire, vous lancez, vous, le disque de Rémus. Vous avez craché du sang, n'est-ce pas ?

CATILINA.

Oui.

CHRYSIPPE.

Un autre se fût tué sur le coup.

CATILINA.

Tandis que moi je ne mourrai que dans... voyons dans combien de jours, Chrysippe?

CHRYSIPPE.

Oh ! dieux merci...

CATILINA.

Dans combien de mois?

CHRYSIPPE.

J'espère mieux encore.

CATILINA.

Un an alors... Et de quoi te plains-tu, et quel est l'homme qui est sûr d'avoir un an devant soi... un an... tu dis un an, n'est-ce pas ?

CHRYSIPPE.

Je crois que vous pouvez compter sur un an.

CATILINA.

Merci. Un an !... le temps de me marier, d'avoir un fils, de laisser sur cette terre, où peut-être on parlera de moi, un héritier de mon nom, glorieux ou sinistre.

CHRYSIPPE.

Vous êtes bien fatigué, bien vieilli depuis quelques années.

CATILINA.

J'ai trente-sept ans à peine.

CHRYSIPPE.

Oreste était vieux à vingt-cinq. Pourquoi vous marier ?

CATILINA.

N'as-tu pas entendu ce que je viens dire ? je veux un enfant.

CHRYSIPPE.

Ne vous mariez pas, car vous n'aurez pas d'enfant, car vous ne laisserez pas d'héritier de votre nom. Vous avez tari en vous les sources de la vie. Agissez désormais comme si vous étiez seul au monde. Pensez à vous.

CATILINA.

Ainsi voilà ton arrêt. Tu me condamnes, toi le juge infaillible.

CHRYSIPPE.

Je prononce la sentence, mais vous l'avez exécutée vous-même.

CATILINA.

Pas d'enfant!

CHRYSIPPE.

C'est cela. Cette sentence va devenir votre tourment, n'est-ce pas? C'est assez qu'une chose soit déclarée impossible pour que vous la désiriez. Soyez donc ambitieux pour vous-même, c'est déjà bien assez. Un fils !... à quoi vous servira un fils ?

CATILINA.

A avoir quelqu'un à aimer et qui m'aime en ce monde. A quoi me servira un fils?... demande à l'ombre du vieux Cornélius Sylla, qui posséda le monde . s'il n'eût pas donné la moitié du monde, le monde tout entier pour racheter cette larme qu'il versa sur le tombeau de son fils Cornélius. Eh bien , les dieux eurent pitié de lui. Il eut d'un troisième mariage Faustus. Pourquoi les dieux seraient-ils donc plus sévères pour moi que pour Sylla. Un fils continue notre vie , et quand le feu qui anime certains hommes s'est éteint sous l'aile de la mort, une étincelle se réfugie au sein de leur enfant. Une étincelle recommence un incendie.

CHRYSIPPE.

Adoptez quelqu'un que vous aimerez et qui vous aimera.

CATILINA.

Me prends-tu pour un sot, Chrysippe ? crois-tu que l'adoption remplace la naissance ? Je veux aimer selon la nature et non de par la loi. Va, mon savant médecin , je serai sage et le temps me guérira.

CHRYSIPPE.

Je me retire.

CATILINA.

Surveille-moi pendant le souper. J'ai besoin de toute ma vigueur et de toute ma gaieté ce soir. Au reste , (riant) je ne me suis jamais senti en meilleure disposition.

CHRYSIPPE.

Et vous ne voulez pas qu'on en doute ?

CATILINA.

Non, certes.

CHRYSIPPE.

Alors mettez du rouge de Péluse sur vos joues, car vous êtes pâle comme la mort.

CATILINA.

J'en mettrai. Adieu, Chrysippe.

CHRYSIPPE.

Au revoir, seigneur.

SCÈNE VI.

CATILINA, seul.

Qu'a-t-il voulu dire par ces mots : Oreste était vieux à vingt ans, Oreste était souillé, Oreste avait des remords. Oreste était poursuivi par les Euménides ? Moi je n'ai rien à faire avec les noires déesses. Allons, allons, Catilina, du découragement, du dégoût, au moment où tu es prêt de toucher le but ? Tes genoux faiblissent, ta main tremble. Pauvre machine humaine ! Si j'en arrive à me mépriser moi-même, que penserai-je des autres ? (A Storax qui entre.) Qui va là ? qui êtes-vous ?

SCÈNE VII.

STORAX, CATILINA.

STORAX.

Allons, il paraît décidément que j'ai changé de tête.

CATILINA.

Oui, par Janus, tu as deux visages.

STORAX.

Oh ! deux !... Je ne vous en ai pas encore donné le compte.

CATILINA.

Avance ici et causons. (Il s'assied.)

STORAX.

Je ne demande pas mieux, la langue me démange. De quoi allons-nous parler ?

CATILINA.

Eh bien ! parlons de toi.

STORAX.

De moi ? j'ai peur d'être trop indulgent.

CATILINA.

Je tiendrai compte de la partialité. D'abord, comment un homme d'esprit comme toi, car tu as de l'esprit...

STORAX.

Trop.

CATILINA.

Eh bien, comment un homme qui a trop d'esprit s'expose-t-il à être crucifié pour une tourterelle ?

STORAX.

On ne pare pas un coup de fronde.

CATILINA.

C'est vrai.

STORAX.

Tout ce que je pouvais faire, c'était de me sauver une fois pris.

CATILINA.

Oui.

STORAX.

Eh bien, je me suis sauvé, ne m'en demandez pas davantage. Quand, placé dans une situation mauvaise, on tire de la situation tout le parti qu'on peut en tirer, il n'y a rien à dire.

CATILINA.

Voilà de la logique, ou je ne m'y connais pas... donc si tu n'as pas paré le coup de fronde, cela ne veut pas dire que tu n'eusses pas paré autre chose.

STORAX.

J'ai paré Caton.

CATILINA.

Explique-moi cela, je ne comprends pas bien... Quelles affaires as-tu pu avoir avec Caton, toi ?

STORAX.

Des affaires politiques.

CATILINA.

Allons donc ! la politique ne regarde pas les esclaves.

STORAX.

Les esclaves, c'est vrai, mais...

CATILINA.

Car je ne suppose pas que tu sois citoyen romain.

STORAX.

Eh bien, voilà ce qui vous trompe.

CATILINA.

Tu es citoyen ?

STORAX.

Comme vous, comme César, comme Crassus. Seulement je suis moins noble que vous, moins débauché que César, et moins riche que Crassus.

CATILINA.

Mais alors, si tu es citoyen romain, tu n'avais qu'à crier tout à l'heure : Halte là, maîtresse Orestilla. Je me nomme Storax, je suis citoyen romain... et tu sortais d'embarras tout naturellement.

STORAX.

Brrrr, comme vons y allez, vous, seigneur Sergius !

CATILINA.

Sans doute.

STORAX.

Voilà justement l'affaire... Je me débarrassais d'avec Orestilla, mais je m'embarrassais avec Caton.

CATILINA.

Eh bien, parle, explique-toi.

STORAX.

Chacun a ses petits secrets.

CATILINA, se levant sur son séant.

C'est ce que je n'admets pas, maître Storax. Je vous ai sauvé la vie, vous êtes à moi... Or si votre corps seul m'appartient, ce n'est point assez... S'il ne s'agit que de votre corps, j'ai cinq cents esclaves plus beaux et mieux tournés que vous. Votre confiance, au contraire, m'est précieuse. Je vous prie donc de me l'accorder, ou sinon je me verrais forcé, n'ayant aucun besoin de votre corps, de le rendre à Aurélia, ou même de le donner à Caton à qui je n'ai jamais rien donné. Voyons, ce que je vous dis là fait-il effet sur vous, aimable Storax ?

STORAX.

Beaucoup d'effet.

CATILINA.

Eh bien, voyons. (Il se recouche.)

STORAX.

Vous le voulez?

CATILINA.

Absolument.

STORAX.

Vous saurez d'abord que je ne me suis pas toujours appelé Storax.

CATILINA.

Ah !

STORAX.

Non. Du temps des proscriptions je m'appelais Quintus **Pugio**, j'étais tanneur.

CATILINA.

Très-bien !

STORAX.

Sylla, vous en savez quelque chose, vous qui étiez son ami, Sylla mit un certain nombre de têtes à prix. Je n'avais pas d'ouvrage, la tête valait quatre mille drachmes. J'en coupai quelques-unes, mais honnêtement, je vous jure.

CATILINA.

Qu'appelles-tu honnêtement?

STORAX.

C'est-à-dire que je n'imitais jamais ces gens de mauvaise foi, qui, pour s'épargner des recherches fatigantes, coupaient la tête de leur voisin... quand celui-ci ressemblait au proscrit demandé. Non, avec moi, bon argent, bon jeu.

CATILINA.

C'était de la probité.

STORAX.

Oui, jusque-là je sais bien, tout va à merveille... Mais voilà qu'un jour, Sylla eut la malheureuse idée de changer le mode de payement, et qu'au lieu de compter tant par tête, il se mit à acheter les têtes à la livre. Chacun alors de chercher les plus lourdes. Mes associés eurent de la chance... Les uns prirent des têtes de savants, de magistrats, les autres des têtes de philosophes... toutes têtes de poids... Il ne me resta plus qu'un beau... qu'un élégant... un fils de sénateur.

CATILINA.

Tête légère, n'est-ce pas ? et que tu laisses vivre.

STORAX.

Non. J'imaginai un moyen. Je m'avisai de lui couler du plomb fondu dans l'oreille pour réparer l'injustice du sort... Je vous le disais, j'ai trop d'esprit.

CATILINA.

En effet, j'ai entendu parler de cela... C'était ingénieux.

STORAX

N'est-ce pas?... Malheureusement la main me tourna, j'en mis trop... la tête devint si lourde que c'était invraisemblable... L'intendant après avoir payé s'aperçut de la supercherie. Sylla, qui était de bonne humeur ce jour-là, me fit grâce de la vie... mais il voulut que je rendisse l'argent. Je l'avais dépensé. On me déclara banqueroutier, et comme tel je fus mis à l'encan et vendu au vieux mari d'Aurélia Orestilla... Le mari mort, j'échus à la femme. Aujourd'hui, vous le savez... Caton recherche curieusement, pour en faire collection, les têtes de ceux qui se sont distingués dans les proscriptions. Je sais que mon trait de plomb fondu l'occupe et qu'il a fort envie de connaître particulièrement le citoyen Quintus Pugio. Voilà pourquoi tant que Caton vivra, je préfère m'appeler Storax. Auriez-vous quelque chose contre ce désir, seigneur Sergius ?

CATILINA.

Moi, pas le moins du monde.

STORAX.

Voyez-vous, si vous êtes assez bon pour me protéger et contre Caton et contre Aurelia, je tâcherai de vous rendre à mon tour quelque service. J'ai beaucoup vu, beaucoup observé... Je sais beaucoup de choses qui, inutiles à moi, peuvent être fort utiles aux autres... Voulez-vous que je vous dise quelques mots de vos amis?

CATILINA.

Mes amis, je les connais.

STORAX.

Et vos ennemis ?

CATILINA.

Inutile, je m'en défie. Écoute : te chargerais-tu de me retrouver quelqu'un ?

STORAX.

Où cela ?

CATILINA.

Dans Rome.

STORAX.

Donnez-moi son signalement.

CATILINA.

Tu l'as vu.

STORAX.

Je l'ai vu, et vous me demandez si je retrouverai quelqu'un que j'ai vu ?

CATILINA.

Je te le demande.

STORAX.

Où l'ai-je vu ?

CATILINA.

Au Champ de Mars.

STORAX.

Quand cela ?

CATILINA.

Il y a deux heures...

STORAX.

Mettez-moi sur la voie.

CATILINA.

Le jeune homme à la fronde...

STORAX.

Qui a tué ma tourterelle.

CATILINA.

Justement.

STORAX.

Comme cela tombe! Je m'étais promis de le retrouver pour mon compte. Je ferai, comme lui, d'une pierre deux coups.

CATILINA.

Storax, ce jeune homme te sera sacré... Ta vie me répondra d'un de ses cheveux! Tu le retrouveras pour moi seul.

STORAX.

Soit.

CATILINA.

Combien te faut-il de temps pour le retrouver ?

STORAX.

N'était-ce pas à lui ce petit gueux d'esclave jaune qui le suivait?

CATILINA.

C'était à lui.

STORAX.

En ce cas, il me faut une heure. Laissez-moi sortir, et dans une heure...

CATILINA.

Tu es libre.

STORAX *fait trois pas et revient.*

Ah! pardon, seigneur Sergius; mais il y a une chose qui m'inquiète? (*Il va s'appuyer sur le bras du fauteuil.*)

CATILINA.

Serait-ce par hasard cette lettre de Lentulus, que tu as trouvée sous mon manteau et que tu as su si habilement déchiffrer ?

STORAX.

Non.

CATILINA.

Non! C'est grave, cependant, un secret de cette importance ?

STORAX.

Aussi m'a-t-il préoccupé un instant. En revenant du Champ de Mars, nous avons côtoyé un vivier plein de grosses lamproies, qui dévoreraient dix Storax et quinze Pugio en un quart d'heure. Ces bêtes, en me voyant passer, levaient leurs fins museaux à la surface de l'étang, et me couvaient d'un œil affamé. Vous m'aviez fait prendre le bord de l'eau. Ah! oh !me suis-je dit, il paraît que c'est ici que mon nouveau maître va enterrer Storax et le secret de Lentulus. Mais, pas du tout, vous avez passé outre... Alors je me suis dit : Il faut qu'il ait bien besoin de moi... sans quoi...

CATILINA.

Sans quoi?

STORAX.

Sans quoi vous m'eussiez poussé dans le bassin aux lamproies.

CATILINA.

J'y ai bien pensé.

STORAX.

Je l'ai bien vu.

CATILINA.

Ce n'est donc plus cela qui t'inquiète?

STORAX.

Vous êtes chargé de ma toilette; bien !... la tête est bonne. Vous vous êtes chargé de mon costume, et je ne me plains pas de l'habit; mais...

CATILINA.

Mais quoi?

STORAX.

Quel doit être l'usage de cet anneau qu'on m'a rivé à la jambe?

CATILINA.

Cet anneau, c'est pour y mettre cette chaîne. (*Il lui remet une chaîne.*)

STORAX.

Ah! ah!...

CATILINA.

Tu es mon confident, mais je t'élève à la dignité de portier — dans tes moments perdus. Sois tranquille, dans une heure tu seras libre.

STORAX.

Donc, je me mets à la piste du jeune homme.

CATILINA.

A l'instant même... Songe que j'en veux avoir des nouvelles cette nuit.

STORAX.

Je vous ai demandé une heure.

CATILINA.

Ah! voilà quelqu'un qui nous arrive.

STORAX.

C'est Orestilla.

CATILINA.

Eh bien! ne vas-tu pas faire quelque imprudence? Puisque tu ne te reconnais pas toi-même, elle ne te reconnaîtra pas.

SCÈNE VIII.

CATILINA, STORAX, ORESTILLA.

CATILINA.

Salut, Orestilla! Je vous attendais.

ORESTILLA.

Est-ce parce que je vous avais dit que je ne viendrais pas? (*Elle s'assied.*)

CATILINA.

Justement; mais je me suis dit : Storax pendu, la colère passera, et Orestilla ne voudra pas me faire cette douleur de priver de sa présence une fête donnée pour elle. Il a donc été pendu ce malheureux Storax?

ORESTILLA.

Non ; le drôle n'a pas voulu me donner ce plaisir ; en passant sur le pont, il s'est jeté dans le Tibre.

CATILINA.

Où il s'est noyé?

ORESTILLA.

On me l'a dit, du moins; mais comme je tiens à en être sûre, j'ai donné l'ordre aux pêcheurs de chercher son corps.

CATILINA, *à Storax.*

Va où je t'ai dit.

ORESTILLA.

Qu'est-ce que cet homme?

CATILINA.

Un nouvel esclave dont j'examinais les mérites. (*Storax sort.*)

SCÈNE IX.

CATILINA, ORESTILLA.

ORESTILLA.

Bien. Sommes-nous seuls?

CATILINA.

A l'exception de Curius et de Fulvie, qui se disputent ou se raccommodent dans les jardins, je ne sais trop lequel.

ORESTILLA.

Verrez-vous longtemps encore une société pareille?

CATILINA.

Cela dépendra de vous, Orestilla. Sommes-nous d'accord?

ORESTILLA.

Parfaitement. Je ne vous aime pas, vous ne m'aimez pas, nous nous épousons ; n'est-ce point cela ?

CATILINA.

Il est impossible de mieux établir la situation.

ORESTILLA.

Il y a dans la vie d'un homme, fût-il homme de mérite, fût-il homme de talent, fût-il homme de génie, un de ces moments où tout avenir peut se briser devant un mot... l'argent manque !

CATILINA.

Moins le génie, je suis en effet dans un de ces moments-là.

ORESTILLA.

Il en résulte que, faute de quelques milliers de sesterces, une destinée avorte, une fortune croule...

CATILINA.

C'est ce qui faillit arriver à César au moment de partir pour l'Espagne... Il rencontra Crassus qui le sauva.

ORESTILLA.

Et c'est ce qui vous arriverait à vous si vous ne m'aviez pas rencontrée... Je serai votre Crassus. Crassus donna la préture à César, je vous donnerai le consulat. Combien vous faut-il pour assurer votre élection? Calculez largement.

CATILINA.

Vingt millions de sesterces.

ORESTILLA.

Vous pouvez les faire prendre chez moi cette nuit.

CATILINA.

De mon côté, vous savez que je ne vous apporte rien. Mes terres et mes prairies sont grevées d'hypothèques, mes esclaves sont engagés, le séquestre est mis sur mes maisons... vous épousez Lucius Sergius Catilina... ou plutôt son nom... et rien de plus.

ORESTILLA.

Soit. C'est à un homme tel que vous qu'il me convient de lier ma destinée. Maintenant vous savez toute ma vie. Je ne cherche point à me farder. J'abjure mon passé. J'oublie ce que je fus... Votre avenir politique, c'est le mien. Pour la réussite de vos désirs, pour le triomphe de votre ambition, pas de trêve, pas d'obstacles. Je n'ai plus de famille, je n'ai plus d'amis, je n'ai plus de sentiments... je suis votre associée, votre instrument, s'il est besoin, votre complice, s'il le faut... Je suis à vous, tout à vous.

CATILINA.

J'accepte.

ORESTILLA.

Les serments que les époux se font entre eux... dérision ! Ce n'est point un mariage, c'est un pacte que nous concluons au pied des autels. Le jour où vous me direz : Aurélia, pour que je sois riche, pour que je sois plus grand, pour que je sois le premier de Rome, ce n'est pas assez qu'il y ait entre nous un pacte, il faut qu'il y ait un crime !... Ce jour-là je vous dirai : Associée, je partage le mal et le bien, complice, je me mets à l'œuvre, instrument, je frappe !...

CATILINA.

Bien.

ORESTILLA.

Est-ce là-dessus que vous comptiez?

CATILINA.

Tout à fait.

ORESTILLA.

A votre tour... Que faites-vous pour moi?

CATILINA.

Je croyais cette question résolue entre nous... Où je vais, je vous mène. Seulement, tant que je monte, vous pouvez me suivre... si je tombe, vous avez le droit de m'abandonner... Je ne vous dois que ma bonne fortune.

ORESTILLA.

Je n'aime point Catilina comme on aime un homme... je l'aime comme on aime sa propriété. Je vous veux exclusivement, entièrement... C'est vous dire que je ne permettrai pas que rien... entendez-vous? que rien surgisse entre nous... J'ai accepté la seconde place dans votre fortune et dans votre vie... mais réfléchissez-y... je refuserais la troisième. Vous d'abord... moi ensuite.

CATILINA.

C'est convenu.

ORESTILLA.

Ainsi, vous n'avez rien dans le cœur, Catilina ?

CATILINA.

Rien.

ORESTILLA.

Vous n'aimez aucune femme ?

CATILINA.

Aucune.

ORESTILLA.

Pas un regard que vous cherchiez avec plaisir ?

CATILINA.

Pas un.

ORESTILLA.

Pas une main que vous pressiez avec affection ?

CATILINA.

Pas une.

ORESTILLA.

Pas d'enfant d'un premier mariage ?

CATILINA.

Non.

ORESTILLA.

Pas d'enfant d'adoption ?

CATILINA.

Non.

ORESTILLA.

Pas d'enfant naturel ?

CATILINA.

Non.

ORESTILLA.

Réfléchissez-y bien. En me disant que vous n'aimez rien au monde... que tout vous est indifférent... en me disant que je dois passer avant tout et avant tous, vous vous ôtez le droit de défendre qui que ce soit contre moi... vous me donnez le droit de disposer souverainement de tout et de tous.

CATILINA.

Je vous le donne.

ORESTILLA.

Voici l'anneau d'Orestillus, mon premier mari, le cachet auquel obéissent mon intendant et mes esclaves. Il représente quarante millions de sesterces .. et ma liberté. Votre main. (*Elle lui passe l'anneau au doigt.*)

CATILINA.

A vous, voici l'anneau de Sergeste, mon ancêtre, le cachet qui régnait sur tous mes biens, quand j'avais des biens. Aujourd'hui il n'est plus que le gage de ma volonté. Mais ce que je veux, c'est cent fois, c'est mille fois, c'est un million de fois ce que j'ai perdu. C'est ce qu'a voulu Marius ; c'est ce qu'a accompli Sylla.

ORESTILLA.

Votre associée peut le prendre ?

CATILINA.

Le voici. (*Orestilla prend l'anneau.*)

SCÈNE X.

LES MÊMES, NUBIA; *puis* LENTULUS, RULLUS, CÉTHÉGUS, CAPITO, CURIUS, FULVIE, ET UN INTENDANT, etc., etc. (*Catilina va au-devant d'eux jusque dans le jardin.*)

NUBIA, *paraissant à la porte de côté.*

Maîtresse...

ORESTILLA.

Ah ! c'est toi, Nubia ?

NUBIA.

Puis-je parler ?

ORESTILLA.

Oui.

NUBIA.

Le jeune homme s'appelle Charinus; le père Clinias, la mère Erys.

ORESTILLA.

Où demeurent-ils ?

NUBIA.

Au Champ-de-Mars, près de la voie Flaminia.

ORESTILLA.

Bien. (*Entrent Catilina et ses amis.*) Prends mon manteau, Nubia.

CATILINA, *rentrant avec Capito, et allant au-devant de Lentulus.*

Lentulus ! salut.

LENTULUS.

Avez-vous reçu ma lettre ?

CATILINA.

Oui, et soyez tranquille. On veillera à ce que le pois chiche soit cueilli. Bonjour, Céthégus.

CÉTHÉGUS.

Bonjour. Avons-nous du nouveau ?

CATILINA.

C'est à vous qu'il faut demander cela ; à vous, notre futur édile. (*Entrent Fulvie et Curius.*)

CÉTHÉGUS.

Par Hercule ! le sénat se remue comme une fourmilière sur laquelle un cheval a mis le pied. Toutes les baudes de pourpre veulent nommer Cicéron. Sera-t-il nommé ?

CATILINA.

Vous le savez, amis. C'est un coup de dés sur le tapis vert des comices. Nul ne peut répondre s'il fera le coup de Vénus ou le coup du chien.

FULVIE.

O Sergius ! Pourquoi les femmes ne votent-elles pas ?

CATILINA.

Merci, belle Fulvie ; mais si les femmes ne votent pas, elles font voter.

ORESTILLA, *assise.*

C'est presque une déclaration, savez-vous. Dites donc à Fulvie que nous nous marions... séparés de biens.

CURIUS, *à Catilina.*

Bon ! voilà les femmes qui se disputent à présent.

CATILINA, *intervenant.*

L'une ou l'autre de vous deux a-t-elle vu César, mesdames ?

TOUTES DEUX.

César ? Non.

CATILINA.

Voyons, Orestilla ?

CURIUS.

Voyons, Fulvie ?

ORESTILLA.

Eh bien ! quoi ?

FULVIE.

Qu'y a-t-il ?

CÉTHÉGUS.

César, c'est un Janus : il a deux visages. Par Hercule ! défiez-vous de lui, Sergius. L'un qui sourit à Catilina, l'autre qui sourit à Cicéron.

CATILINA, *à Orestilla.*

Si César vient, retenez-le, et qu'il ne sorte sous aucun pré-

teute. Ah ! vous voilà, Rullus! Que tenez-vous là ? Est-ce un chapitre des dix premières années de votre Histoire de Sylla ?

RULLUS.

Non ; c'est un projet d'organisation dont je compte faire l'essai, si jamais j'arrive au pouvoir.

CAPITO, *à Catilina.*

Eh bien ! qu'attendons-nous pour souper ?

CATILINA.

César.

L'INTENDANT.

Une lettre du noble Julius...

CATILINA.

Il ne viendra pas.

ORESTILLA.

A-t-il une bonne raison au moins ?

CATILINA.

Excellente. (*Il lit.*) Jugez-en... « Une belle dame vient de me faire avouer que l'on dîne mieux à deux qu'à douze. Pardonnez-moi ; elle ne me pardonnerait pas. »

FULVIE, *à Curius.*

Si César ne vient pas, c'est mauvais signe.

CURIUS.

Par Vénus ! Fulvie, César donne une trop bonne excuse pour que je ne trouve pas qu'il est dans son droit.

FULVIE.

Niais que vous êtes !

CATILINA.

Seigneurs, nous tâcherons de nous passer de César.

LENTULUS.

N'importe, c'est fâcheux. César !... c'est un beau nom.

RULLUS.

Et laissez là vos patriciens, Lentullus. Invitez le peuple et il viendra, lui. Je réclame la part du peuple, Catilina, du peuple ! toujours oublié dans les révolutions.

CATILINA.

C'est bien, Rullus, c'est bien ; on lui fera justice cette fois au peuple, et c'est vous qui serez chargé de la lui faire.

TOUS.

Bravo ! Catilina, bravo !

CÉTHÉGUS.

J'attends, pour crier vive Catilina ! que Catilina ait fait ses largesses.

CATILINA.

Soyez tranquille, il les fera. J'ai regardé l'aigle romaine, et j'ai mesuré son vol ; elle part du mille d'or, centre de la ville, et décrit un cercle gigantesque autour du monde. L'Europe au ciel sévère, à la terre féconde ; l'Asie aux plaines embaumées, aux fleuves semés de paillettes d'or, aux villes opulentes ; l'Afrique avec ses mines d'argent et de pierres précieuses, avec ses déserts, vaste peau de tigre tachée d'oasis ; voilà ce que domine l'aigle de nos légions ; du haut du ciel son œil voit s'agiter cent cinquante millions de tributaires, fumer quarante mille cités ; l'ombre de ses deux ailes s'étend sur les deux mers qui embrassent son domaine, comme une ceinture ruisselante de lumière. Enfin, lorsqu'elle est fatiguée, elle peut reposer son vol sur une montagne d'or aussi haute que l'Atlas. Comptons-nous. Nous sommes six ! Coupons la montagne en six tranches ; taillons le monde en six parts : voilà, mes amis, la largesse que nous fait le roi du festin.

TOUS.

Vive le roi du festin !

CATILINA.

Le roi, ce sera le consul de demain. Criez vive le consul !

CÉTHÉGUS.

Pas de détours, pas d'apologues. Ne crions ni vive le roi ! ni vive le consul ! crions vive Catilina !

CURIUS, *à Fulvie.*

Comprenez-vous maintenant ?

FULVIE.

Je comprends.

CURIUS.

Et êtes-vous fâchée d'être restée ?

FULVIE.

Je ne m'engage que jusqu'à demain.

CATILINA.

Maintenant parlez. Il n'y a pas de trop vastes désirs, il n'y a pas de trop grandes ambitions ; ce que les autres osent à peine rôver, demandez-le et vous l'aurez. A vous, Lentulus, prenez.

LENTULUS.

A moi l'Asie.

CATILINA.

Rullus, vous l'organisateur de nos majorités, demandez.

RULLUS.

moi Rome, et avec Rome l'Italie.

CATILINA.

Soit. Céthégus, vous, le bras de l'entreprise, que vous faut-il ?

CÉTHÉGUS.

La Gaule, la Germanie, le Nord.

CATILINA.

C'est dit. Capito, que désirez-vous ?

CAPITO.

L'Afrique !

CATILINA.

Accordée. Vous, Curius ?

CURIUS.

Que dites-vous de l'Espagne, Fulvie ?

FULVIE.

Elle est un peu ruinée par César.

CURIUS.

Bah ! nous trouverons bien à y glaner un milliard de sesterces. (*Se tournant vers Catilina.*) L'Espagne !

CATILINA.

Vous l'avez.

ORESTILLA.

Ils vous oublient et prennent tout. Chacun a sa province, que vous restera-t-il, à vous ?

CATILINA, *bas.*

Tout. Ne faut-il pas des proconsuls à un dictateur ? (*Haut.*) Et maintenant, amis, à table.

CAPITO.

Mais la table n'est pas dressée.

CATILINA.

Oh ! ce sera bientôt fait ; j'ai pour me servir des génies fort intelligents, quoique invisibles.

FULVIE.

Et de quelle façon leur transmettez-vous vos commandements ?

CATILINA.

Frappez du pied, madame, avec l'intention qu'ils vous envoient à souper, et ils vous obéiront.

FULVIE.

Combien de fois ?

CATILINA.

Trois fois, c'est le nombre sacré.

FULVIE *frappe du pied trois fois, une table somptueusement servie sort de terre avec les lits de pourpre.*

C'est par magie.

ORESTILLA.

Envoyez chercher chez moi vingt millions de sesterces.

CATILINA.

Bien ! placez-vous. Amis, à table, à table !

SCÈNE XI.

LES MÊMES, STORAX.

STORAX.

Maître !

CATILINA.

C'est toi !

STORAX.

Je sais tout.

CATILINA.

Parle !

STORAX.

Le jeune homme s'appelle Charinus, le père Clinias, la mère Erys.

CATILINA.

Où demeurent-ils ?

STORAX.

Au Champ de Mars, près de la voie Flaminia, une petite maison isolée.

CATILINA, *vivement.*

La maison de la Vestale !

STORAX.

Justement !

CATILINA.

Qu'on apporte un manteau d'esclave dans cette chambre ; dans dix minutes je sors.

ORESTILLA.

Eh bien , Catilina, nous n'attendons plus que vous et les couronnes.

CATILINA.

Voici Vénus, votre sœur, qui vient vous les apporter. (*Deux esclaves vêtues en nymphes et une Vénus descendent du lambri sur un nuage, avec des couronnes et des guirlandes.*)

TOUS.

Vive Catilina , le roi du festin !

CATILINA, *levant sa coupe.*

Amis, au partage du monde !

TOUS.

Au partage du monde !

QUATRIÈME TABLEAU.

La maison de la Vestale. Même décoration qu'au prologue.

SCÈNE I.

MARCIA, *sur le canapé,* **CLINIAS.**

MARCIA, *à Clinias.*

Pourquoi prenez-vous cette peine de porter vous-même les bagages dans le souterrain, Clinias?

CLINIAS, *s'approchant de Marcia.*

Parce que je me défie de tout le monde et même de Syrus ; puis il y a près d'une année que la porte extérieure n'a été ouverte. J'avais peur que la serrure ne fût rouillée et que nous n'éprouvassions quelque difficulté au moment du départ. Heureusement tout va bien.

MARCIA.

Voyons, Clinias, pour me séparer encore une fois de mon enfant, le danger est-il aussi grand que vous le croyez?

CLINIAS.

Le danger est immense, Marcia.

MARCIA.

Ainsi, vous ne vous êtes pas trompé... vous êtes sûr d'avoir reconnu cet homme ?

CLINIAS.

Marcia, trois figures vivent incessamment dans mon souvenir ; l'une y éveille l'amour, la seconde la pitié, la troisième la haine. Vous que le ciel nous a donnée, Niphé que la mort nous a prise, cet homme que l'enfer nous renvoie.

MARCIA.

C'est bien, Clinias; prenez cette bourse. J'ai mis quatre talents d'or au fond du coffre. Rien ne s'oppose plus maintenant à ce que je sois séparée de mon fils. Rien, pas même ma volonté.

CLINIAS.

Marcia, vous avez encore une heure.

MARCIA.

Elle passera bien vite.

CLINIAS.

Elle passera trop lentement, Marcia. Je l'avoue, je ne respirerai à l'aise qu'une fois hors des murs de Rome, quand nos mules nous entraîneront au galop vers Naples.

MARCIA.

Alors, partez tout de suite.

CLINIAS.

Il m'a fallu le temps de faire prévenir nos esclaves. Je leur ai donné rendez-vous à la fin de la seconde veille seulement.

MARCIA.

Où doivent-ils nous attendre ?

CLINIAS.

Au premier mille de la voie Appia. Ils seront vingt, conduits par Senon le Gaulois, bien armés, bien montés.

MARCIA.

Et quand pourrai-je vous rejoindre ?

CLINIAS.

Aussitôt que nous vous aurons annoncé notre arrivée à Alexandrie. Pardon, si je dispose ainsi de vous, Marcia, si je vous pousse ainsi dans l'exil; mais c'est pour suivre votre fils. Vous y perdez la patrie, mais vous y gagnez le bonheur.

MARCIA.

Merci, Clinias.

CLINIAS.

Ah! voici Charinus qui vient. D'ici à l'heure du départ, Marcia, pas un mot à votre fils .. qu'il n'apprenne qu'il vous quitte que lorsque le moment de vous quitter sera venu.

SCÈNE II.

LES MÊMES, CHARINUS.

CHARINUS.

Pardon, ma mère, je me suis laissé entraîner par le travail, et j'avais peur, en entrant, de ne plus vous trouver ici. Il est tard, n'est-ce pas?

CLINIAS.

On vient de crier la cinquième heure de la nuit.

MARCIA.

Qu'as-tu fait, Charinus? Tu as dessiné ou traduit?

CHARINUS.

L'un et l'autre, ma mère.

MARCIA.

Es-tu content de ce que tu as fait?

CHARINUS.

Je serai content si vous êtes contente, ma mère. Syrus va chercher dans ma chambre un dessin qui représente des hommes à cheval, et un rouleau de papyrus couvert de lignes inégales. Ce n'est point par paresse, ma mère, que j'envoie Syrus, c'est pour ne pas vous quitter.

MARCIA.

Cher enfant!...

CLINIAS, bas à Marcia.

Du courage!

CHARINUS.

Votre cœur bat... votre poitrine se gonfle... qu'avez-vous, ma mère?

MARCIA.

Rien.

SYRUS, rentrant.

Jeune maître, est-ce là ce que vous demandez?

CHARINUS.

Oui. Tenez ma mère, voyez... ceci est la copie d'une frise du Parthenon.

MARCIA.

Laisse-moi ce dessin, mon enfant; je le garde.

CHARINUS.

O ma mère! vous lui faites beaucoup trop d'honneur.

CLINIAS.

Qu'as-tu traduit aujourd'hui, Charinus?

CHARINUS.

Quelques vers du chef-d'œuvre d'Euripide; un fragment de Phèdre : l'invocation à Diane.

CLINÉAS.

Voyons

MARCIA.

Attends, que je t'écoute, mon enfant... Attends surtout que je te voie.

CHARINUS.

Fille de Jupiter, déesse au front changeant,
Qui mires dans les flots ta couronne d'argent,
Et traces à ton char, quand la nuit prend ses voiles,
Une route nacrée au milieu des étoiles,
Toi qui chasses le jour, et que j'entends parfois
En excitant les chiens, troubler la paix des bois,
Qui sondes des forêts l'épaisseur inconnue,
Quand ton frère Phœbus, éclatant dans la nue,
Te conseille d'aller au milieu des roseaux,
Livrer ton corps divin à la fraîcheur des eaux:
Diane chasseresse, ô fille de Latone,
Reçois d'un cœur ami cette blanche couronne
Que je t'offris hier, et que d'une humble main,
Avec les mêmes vœux, je t'offrirai demain,
J'en ai ravi les fleurs...

CLINIAS, bas à Marcia.

Marcia!... (Geste de désespoir de Marcia.)

CHARINUS.

Mais qu'avez-vous donc, ma mère? je ne vous ai jamais vue ainsi.

CLINIAS, retournant le sablier.

Marcia, c'est l'heure.

CHARINUS.

Quelle heure, mon père? celle de me retirer, sans doute?

CLINIAS.

Oui... Dites adieu à votre mère, Charinus.

CHARINUS.

Bonsoir, ma bonne mère... bonsoir, ma mère chérie.

MARCIA.

Adieu!... adieu!...

CHARINUS.

Mais vous ne me dites pas bonsoir, vous me dites adieu, ma mère.

MARCIA, sanglotant.

Adieu! oh! oui, adieu!

CHARINUS.

Ma mère, vous pleurez; mon père, vous détournez la tête... Qu'y a-t-il, par grâce, qu'y a-t-il?

CLINIAS.

Il y a, Charinus, que vous partez, ou plutôt que nous partons cette nuit.

CHARINUS.

Nous partons? et où allons-nous, mon père?

CLINIAS.

En Egypte.

CHARINUS.

En Egypte?

CLINIAS.

Oui; votre éducation n'est pas finie, Charinus... L'Egypte est un de ces pays qu'un jeune homme, destiné comme vous l'êtes aux arts et aux sciences, doit visiter.

CHARINUS.

Oh! je serais bien heureux de voir l'Egypte, si ma mère pouvait nous y suivre.

CLINIAS.

Avant trois mois, Charinus, elle nous aura rejoints.

CHARINUS, allant à sa mère.

Oh! bonne mère! Mais puisque tu dois venir... pourquoi ne viens-tu pas avec nous? pourquoi n'avances-tu pas ton départ? ou pourquoi ne retardons-nous pas le nôtre?

CLINIAS.

Parce qu'il faut que tu partes à l'instant même, Charinus.

CHARINUS.

Mais ce n'est pas un voyage alors... c'est une fuite.

MARCIA, pleurant.

Oui, mon enfant, une fuite.

CHARINUS.

Il y a donc un danger?... pour qui?... pour moi?...

MARCIA.

Oui, pour toi.

CHARINU

Ma mère, serait-ce donc ce seigneur que nous avons vu au Champ de Mars?... Mon père, ce...

CLINIAS.

Silence! je vous dirai tout cela en route, Charinus : prenez ce coffret.

CHARINUS.

Dois-je appeler Syrus ou Byrrha? (Il va près du coffret.)

CLINIAS.

Non, non! gardez-vous-en, au contraire. Il faut que tout le monde ignore notre départ. (Il monte au fond.)

CHARINUS.

Mais quelque précaution que nous prenions, le portier nous verra sortir.

CLINIAS.

Il ne nous verra point, car nous sortons par le souterrain. Dis adieu à ta mère, Charinus.

CHARINUS s'élance dans les bras de sa mère assise sur le canapé.

Mais ma mère se meurt! vous le voyez bien, je ne puis la quitter dans cet état.

CLINIAS.

Charinus, il faut que le jour nous trouve aux Marais Pontins.

CHARINUS, à genoux devant Marcia.

O ma mère! ma mère!

SYRUS, entrant.

Maître!

CLINIAS, à Syrus qui entre.

Qui vient ici sans être appelé?

MARCIA.

C'est un instant de plus que les dieux me donnent. Sois le bien venu, Syrus.

SYRUS, prenant Clinias à part.

Maître, un esclave est là-bas qui demande à vous parler.

CLINIAS.

Je n'attends personne, je ne veux recevoir personne en ce moment. (Syrus sort.) Allons, embrassez votre fils, Marcia.

CHARINUS.

Tu viendras, n'est-ce pas, bonne mère?

MARCIA.

Oh! oui, le plus tôt possible.

SYRUS, rentrant.

Maître!

CLINIAS s'apprête à ouvrir le passage secret.

Encore!

SYRUS.

Maître! cet esclave insiste.

CLINIAS.

Chasse le.

SYRUS.

Il demande seulement à vous remettre un billet.

CLINIAS.

Qu'il attende. (A Marcia.) Vous verrez ce que c'est, Marcia, lorsque nous serons partis

SYRUS.

Maître, à ce que dit l'esclave, le billet vous prévient d'un grand danger.

MARCIA.

D'un grand danger! Vous entendez, Clinias.

CLINIAS.

Voyons, que dis-tu? de quelle part vient ce danger?

SYRUS

De la part de Sergius Catilina.

CLINIAS.

De Sergius Catilina?

MARCIA.

Catilina!... Grands dieux!

CHARINUS.

Mon père, c'est ce patricien que nous avons rencontré au Champ de Mars, qui m'avait donné ce beau flacon, et loin de qui vous m'avez entraîné si vite?

CLINIAS, à Syrus.

Amène l'esclave, je veux lui parler. (Syrus sort. A Marcia.) Dans votre chambre... pas un souffle, pas une parole.

MARCIA.

Et Charinus!...

CLINIAS.

Dans le souterrain, afin qu'il soit tout prêt à partir... Dans votre chambre, dans cette chambre! Marcia, je vous en supplie. (Marcia et le souterrain.) Et vous, Charinus, là, là. (Il le fait entrer dans le souterrain.) Ne vous écartez point, ne bougez pas, n'ayez point peur. Seulement, fermez la trappe en dedans avec cette barre de fer (A Marcia.) Allez, Marcia. (A Charinus.) Allez, Charinus... Il était temps!

SCÈNE III.

CLINIAS, SYRUS, L'ESCLAVE.

SYRUS.

Voici l'esclave.

CLINIAS.

C'est bien, laisse-nous seuls. (A l'Esclave.) Tu as une lettre à me remettre? (L'Esclave la donne.)

CLINIAS, lisant.

« Tu as aujourd'hui, au Champ de Mars, insulté Lucius Sergius Catilina. Il désire savoir la cause de cette offense. » C'est bien: demande la lui ferai savoir. Je ne puis la dire qu'à lui-même.

L'ESCLAVE.

Alors, parle; le voici.. (Il lève son capuchon.)

CLINIAS.

Catilina!.. Catilina dans cette maison...

CATILINA.

Eh bien! cette réponse? Je l'attends.

CLINIAS.

Je n'ai pas de réponse à te faire.

CATILINA.

Tu n'as pas de réponse à Sergius Catilina, quand aujourd'hui même tu l'as offensé cruellement? Voyons, quel sentiment t'a fait agir vis-à-vis de moi... Était-ce un sentiment de haine, de mépris ou de terreur?

CLINIAS.

Crois à tous les sentiments que tu peux m'inspirer, Catilina, excepté à la terreur.

CATILINA.

Je ne dis pas que tu as eu peur pour toi... Ne connaissant pas ce sentiment, je ne suppose jamais qu'il existe chez les autres.

CLINIAS.

Et pour qui craignais-je donc, si ce n'était pour moi?

CATILINA.

Mais pour ce jeune homme qui t'accompagnait, peut-être.

CLINIAS.

J'ignore de quelle terreur vous voulez parler et de quel jeune homme il est question... L'heure s'avance... J'ai besoin d'être seul... laissez-moi...

CATILINA.

Je ne suis pas de ceux qui ont des yeux pour ne pas voir, qui interrogent pour ne pas apprendre, qui vont sans raisons d'aller... Je t'ai vu au Champ de Mars agir d'une façon qui a droit de m'étonner... Je suis venu dans cette maison pour savoir ce qu'il importe que je sache... Je ne m'en irai point que tu ne m'aies répondu.

CLINIAS.

Ma réponse, la voici: Regardez ce portique silencieux et sombre... regardez cette voûte où le bruit de vos pas fait un écho funèbre...

CATILINA.

J'ai vu ce portique... j'ai vu cette voûte... après?

CLINIAS.

Lucius Sergius Catilina, la dernière fois que tu entras dans cette maison, ne trouvas-tu pas sous ce vestibule un tombeau?

CATILINA.

Peut-être!

CLINIAS.

Lucius Sergius Catilina, la dernière fois que tu sortis de cette maison, ne laissas-tu pas à cette place un cadavre?

CATILINA.

Cela se peut.

CLINIAS.

Ce n'est pas tout, car le meurtre fut ton moindre crime!... Cette nuit ne t'avais-tu pas destinée à tous les forfaits... n'avais-tu pas outragé la fille au pied du cercueil du père... souillé la prêtresse à la face de la divinité... et, non content d'avoir assassiné l'affranchie, dont le sang rougit l'eau de cette fontaine... ne laissas-tu pas lâchement condamner à mort, lâchement ensevelir vivante, le jour où elle devenait mère, la vestale, victime de ta brutale passion...! J'ai donc raison de te dire: Traverse en courant ce vestibule, sacrilège!... fuis de cette salle sans regarder en arrière, assassin!

CATILINA.

Tu es cet esclave qui se précipita sur moi au moment où je quittais la maison?

CLINIAS.

Eh bien! oui, c'est moi.

CATILINA.

Alors, plus de détours, plus de mystères... Charinus a quinze ans... Charinus est le fils de la vestale, enterrée vivante... Charinus est mon fils!

CLINIAS.

Tu te trompes, c'est le mien!

CATILINA.

Tu es donc marié?

CLINIAS.

Oui!

CATILINA.

Où est ta femme?

CLINIAS.

Que t'importe!

CATILINA.

Oh! je te l'ai dit, quand je soupçonne... quand je désire... quand je veux... rien ne me distrait... rien ne m'arrête... tu le sais bien... Charinus existe... je l'ai vu... Charinus! cher petit... Tu as bien fait de l'appeler Charinus... car je l'aime, car au premier coup d'œil, je l'ai aimé... Ne dis pas que tu es son père, ne dis pas qu'il est le fils de ta femme... Je l'ai reconnu, comme on reconnaît une ombre... Charinus est le fils de Marcia, le fils de mon amour, la seule chose que j'aime en ce monde. (*Il s'assied.*) Je resterai jusqu'à ce qu'on me l'ait rendu... rends-le-moi, et je m'en irai.

CLINIAS.

Oh! tu fais bien de m'irriter, tu fais bien de provoquer ma violence.

CATILINA.

Tu fais bien de me menacer, tu fais bien de porter la main à ton épée!

CLINIAS.

Hors d'ici!

CATILINA.

Prends garde!

CLINIAS, *tirant son épée.*

Hors d'ici! ou tu es mort.

CATILINA.

Tiens, je n'ai que ce poinçon d'acier avec lequel j'écris sur mes tablettes; mais au besoin il peut devenir un poignard; prends garde, car avec cette arme misérable je vais combattre pour un bien plus précieux que ma vie, je vais combattre pour mon fils. Prends garde, tu succomberas et je le prendrai.

SCÈNE IV.

LES MÊMES, MARCIA.

MARCIA, *sortant.*

Vous me prendriez mon enfant, vous!...

CATILINA.

Dieux immortels! est-ce une apparition, est-ce un rêve? Marcia, Marcia la vestale!

MARCIA.

Oh! tu l'as reconnue?

CATILINA.

Marcia, Marcia!

MARCIA.

Oui, quand par un crime cette vierge pure donnait le jour à un fils, quand par le dévouement généreux d'un ami, la morte revoyait le jour qu'elle ne devait jamais revoir, quand les dieux ont permis tout cela, croyez-moi, ils ne peuvent permettre que mon fils me soit ravi par vous, que mon sauveur soit assassiné par vous, par vous, qui êtes la cause de tous mes malheurs, et que cependant je vois pour la première fois, et dont cependant je prononce le nom pour la première fois, Lucius Sergius Catilina!...

CATILINA.

Marcia vivante!

CLINIAS.

Marcia, vous nous avez perdus; il sait notre secret maintenant, il peut le révéler aux magistrats Marcia, laissez-nous ensemble, et quand je vous rappellerai, vous n'aurez plus rien à craindre de lui

MARCIA

Clinias, retirez-vous!

CLINIAS.

Seule! vous voulez que je vous laisse seule avec cet homme!

MARCIA.

Je vous en prie.

CLINIAS.

Oh! vous savez bien que vos prières sont des ordres. Je me retire, Marcia. (*Il sort par le fond.*)

SCÈNE V.

CATILINA, MARCIA.

MARCIA.

Lucius Sergius Catilina, asseyez-vous dans ma maison.

CATILINA, *se laissant tomber sur un fauteuil.*

O dieux bons...

MARCIA, *s'approchant lentement de lui.*

Vous avez dit tout à l'heure que vous veniez chercher ici votre fils Charinus, votre fils qui n'avait pas de mère; maintenant vous voyez que Charinus a une mère, que demandez-vous?

CATILINA.

Oh! c'est donc vous, Marcia?

MARCIA.

Non ce n'est pas Marcia, la Marcia que vous avez connue autrefois et que vous essayez de reconnaître aujourd'hui; c'est une mère à qui vous avez dit : Je vais te prendre ton enfant!

CATILINA.

Je ne sais ce que j'ai dit, Marcia.

MARCIA.

Oui, je comprends, mon apparition vous a troublé; ce n'est point une chose ordinaire que la résurrection des morts, n'est-ce pas? et vous deviez croire ensevelie à jamais cette Marcia que vous avez perdue. Voyons, est-ce au nom de Marcia déshonorée par votre crime, est-ce au nom de Marcia assassinée par votre abandon que vous venez redemander Charinus?

CATILINA.

Ah!... Isolons les deux crimes que vous me reprochez, laissez moi porter le poids du premier, si lourd qu'il courbe mon front devant vous lorsque vous me regardez; mais ne m'accusez pas du second, c'est une lâcheté que je n'ai pas commise Lorsque le jugement de Cassius Longinus vous frappa, je combattais en Espagne, la nouvelle de votre mort m'arriva deux mois après l'exécution de la sentence; je ne pus ni vous défendre ni vous sauver. Charinus ne saurait donc reprocher à son père autre chose que le crime auquel il doit la vie. (*Il se lève.*)

MARCIA.

Charinus n'a pas de père, seigneur; il n'a qu'une mère, près de laquelle il a vécu depuis sa naissance et qui, le jour où il sera devenu un homme, lui révélera le malheur qui pèse sur sa vie.

CATILINA.

Pour qu'à partir de ce jour il me haïsse, n'est-ce pas?

MARCIA.

Je ne veux lui inspirer pour vous ni bons ni mauvais sentiments, je ne sais de vous que tout ce que le monde en dit; vous ne m'avez été révélé que par votre crime : vous êtes entré la nuit dans la maison de mon père, je dormais lorsque vous avez franchi le seuil de ma chambre; vous avez abusé d'un sommeil préparé par vous, quand je me suis réveillée vous n'étiez plus là et j'étais mère. (*Elle s'est éloignée de Catilina.*)

CATILINA.

Marcia, pas un mot de plus, je vous en conjure (s'*approchant de Marcia*); je ne suis pas homme à moduler des soupirs et à nourrir des remords, et cependant bien des fois le souvenir de cette nuit terrible est venu me faire tressaillir et trembler. Mais à quoi bon cela? Quand on a ruiné la fortune, l'honneur, la vie d'une femme, quand on a fait tomber sur sa tête les plus épouvantables malheurs, on ne peut pas lui dire : Pardonnez-moi, je me repens : mais on vient lui dire : Écoutez-moi, pauvre victime de ma folie, de mon amour, de ma brutalité, écoutez-moi; si j'ai été méchant, c'est que j'étais seul, c'est que je voyais le vide autour de moi, c'est que le néant qui précède l'existence et qui suit la mort, vivant je l'avais déjà dans le cœur. Oh! il est face de d'être bon, croyez-moi, quand on aime et quand on est aimé. Pourquoi toutes ces orgies ardentes qui usent mes nuits, tous ces rêves fiévreux qui brûlent mes jours? Parce qu'au lieu d'un sentiment réel qui fait aimer la vie, j'ai été obligé de vouer un culte aux passions factices qui la font oublier Pourquoi mon patrimoine perdu, pourquoi ma fortune jetée aux vents, pourquoi mes jours dépensés au hasard? Parce que je ne répondais à personne de mon patrimoine, de ma fortune, de mes jours. Donnez-moi un héritier de tout cela, Marcia, et je conserverai tout cela pour mon héritier Donnez-moi un enfant, et je grouperai le passé, le présent et l'avenir autour de cet enfant Eh bien, Marcia, comprenez-vous? A l'heure où il est temps encore pour moi de m'arrêter, quand peut-être je puis écarter la fatalité qui me poursuit en épouvantant cette laiduré avec le présent que les dieux viennent de me faire, je retrouve Charinus, je retrouve votre enfant, je retrouve mon fils; mon cœur, que je croyais mort, ressuscite, l'espoir que je croyais éteint renaît. Marcia, Marcia! il y a là pour moi, devant moi, je le sens, un monde nouveau, inouï, inconnu, pareil à ces jardins enchantés que gardait le serpent de Jason ou le dragon d'Hespérus. Ce monde, c'est vous, Marcia qui en tenez l'entrée. Marcia, au nom de tous les dieux, no me repoussez pas du seuil sauveur : Marcia, ne me fermez pas la porte sacrée !

MARCIA.

Et vous voulez que je croie à cet amour paternel venu en un instant, ignoré hier, tout-puissant aujourd'hui ?

CATILINA.

Que voulez-vous que je vous dise, Marcia ? A peine si j'y crois moi-même ; c'est une chose qui vivait en moi et que j'ignorais. Tout ce que je croyais aimer, c'était l'émanation de cet amour inconnu auquel l'apparition de mon enfant a donné un nom, une forme, une existence. J'ai vu Charinus, et mes yeux n'ont pu se détacher de lui. Il buvait dans une gourde de bois de frêne, et j'ai souhaité qu'il bût dans l'or. Il était brillant de jeunesse, de beauté, de grâce, et j'ai souhaité qu'il fût mon fils. Les dieux ont permis que l'impossible devînt une réalité, et j'ai dit aux dieux : Eh bien ! c'est tout ce que je désirais ; dieux immortels, donnez-moi mon enfant, et je n'ai plus rien à demander de vous.

MARCIA ; *elle se soulève sans quitter sa place.*

Je voudrais vous croire, Catilina ; mais je me souviens, et je me défie. Je voudrais avoir confiance en vous ; mais je me souviens, et j'ai peur. (*Elle retombe assise.*)

CATILINA.

Voyons, Marcia, comment supposez-vous que je cherche à voir cet enfant en ce moment, où, au compte de mon ambition, les minutes valent des jours et les jours des années, si je ne l'aimais de toute mon âme ? Ma fortune, ma renommée, ma vie, se jouent demain. Je devrais m'occuper à préparer ce grand combat qui doit être le triomphe ou la mort de ce qu'il y a deux heures encore j'appelais mes espérances. Eh bien ! j'apprends que cet enfant que j'ai vu, que ce Charinus qui m'a parlé, habite cette maison funeste. Je quitte tout ; j'accours. Ce vague espoir ne m'avait pas trompé. Cependant, la troisième veille va s'accomplir ; mes partisans m'attendent, m'appellent, me maudissent. Le sablier à la main, ils voient le temps qui fuit, l'heure qui s'échappe. Où suis-je ? Je vous le demande, Marcia ? Ici : que fais-je ? J'implore, je prie, car je ne menace plus, Marcia. Je n'ai plus de courage pour la haine, plus de force pour la colère. Je suis tout amour ! Le monde m'attend, et je perds le monde !... Eh bien ! Marcia, que voulez-vous pour votre fils et pour le mien ? Est-ce le monde ?... Montrez-moi mon fils ; laissez-moi embrasser mon fils... Laissez Charinus m'appeler son père, et je cours lui conquérir le monde... Est-ce un coin obscur dans la Sabine ?... Une pauvre maison dans les Apennins ? une chétive cabane au bord de la mer ? Eh bien ! cette chétive cabane, cette pauvre maison, ce coin obscur, mettez-y mon fils, et il me tiendra lieu du monde !

MARCIA.

Inutile, Sergius... l'enfant que vous cherchez n'est plus ici.

CATILINA.

Prenez garde ! Voilà que vous ne me comprenez point, Marcia, et voilà que vous allez essayer de me tromper. Charinus n'est point sorti d'ici... Charinus est caché dans la maison... Vous n'étiez pas prévenue de mon arrivée, d'ailleurs ; comment eussiez-vous songé à éloigner votre fils ?

MARCIA.

Ne l'avez-vous pas rencontré au Champ de Mars ? Clinias ne vous-a-t-il pas reconnu ? N'avons-nous pas dû songer que, séparé violemment de cet enfant sur lequel vous aviez jeté les yeux avec curiosité, vous essayeriez de vous rapprocher de lui ? Puis ce jour est un jour néfaste. Catilina n'est pas le seul qui cherche Charinus. (*Elle tombe assise sur le canapé.*)

CATILINA.

Je ne suis pas le seul ?

MARCIA.

Non ; avant que votre esclave interrogeât Syrus, Syrus avait déjà été interrogé par une femme.

CATILINA.

Tu dis, Marcia, qu'on a interrogé Syrus, n'est-ce pas ?

MARCIA.

Oui, une esclave.

CATILINA.

Nubienne ?

MARCIA.

Oui.

CATILINA.

C'est cela. Elle aussi est à sa recherche.

MARCIA.

Elle !...

CATILINA.

Marcia... plus que jamais rends-moi notre enfant que je le sauve...

MARCIA ; *elle se lève.*

Et pourquoi penses-tu que je ne le sauverai pas bien seule ?

CATILINA.

Marcia, si elle m'a suivi, si elle a découvert que je venais dans cette maison, si elle sait pourquoi j'y viens, Charinus est perdu.

MARCIA.

Perdu !

CATILINA.

Si elle a deviné cela, fusses-tu la sombre Hécate qui enfouit ses trésors dans les abîmes de la terre, tu ne saurais dérober Charinus à la colère qui le poursuit.

MARCIA.

Grands dieux ! Mais qui peut donc haïr mon Charinus ?

CATILINA.

Il existe des esprits jaloux, farouches, sanguinaires, qui détruisent quand ils aiment tout ce qu'on aime plus qu'eux. Eh bien une femme m'a demandé s'il était quelqu'un que je préférasse à elle, et moi, qui ne savais point alors que Charinus fût mon fils, je lui ai répondu : non. Si cette femme sait que Charinus existe, que Charinus est mon fils, mon unique amour, à cette heure elle aiguise le poignard, elle distille le poison !...

MARCIA.

Grands dieux !

CATILINA.

Ainsi, tu le vois bien, Marcia, ce n'est plus pour moi seul, c'est pour lui, pauvre enfant, que je prie, que j'implore. Mais au nom de tous les dieux ! au nom de ton père mort ! au nom de notre enfant ! Marcia, à genoux, à tes pieds, je te demande, mets-le auprès de moi, ou mets-moi auprès de lui, jusqu'à demain, jusqu'à ce que je sois consul, jusqu'à ce que je te dise : Dors tranquille, Marcia ; je te réponds de notre enfant.

MARCIA.

Oh ! l'on ne trompe pas avec cet accent... Oh ! l'on ne trahit pas avec cette voix... Viens, Catilina, viens...

SCÈNE VI.

LES MÊMES, CLINIAS, *puis* CICÉRON.

CLINIAS.

Sergius Catilina, voici Cicéron qui veut vous entretenir un instant.

CATILINA, *se relevant.*

Cicéron...

CLINIAS, *à Marcia.*

Il n'a pas vu Charinus ?

MARCIA.

Non.

CLINIAS.

Il ne sait pas où il est ?

MARCIA.

Non.

CLINIAS.

Et vous n'avez rien avoué ?

MARCIA.

Non.

CLINIAS.

Dieu merci !... j'arrive à temps. (*Il va fermer les deux portes latérales à la clef.*) Marcia, venez... (*Il éloigne Marcia.*)

SCÈNE VII.

CICÉRON, CATILINA.

CICÉRON.

Salut, Sergius.

CATILINA.

Vous ici ?

CICÉRON.

Vous le voyez.

CATILINA.

Que me voulez-vous ?

CICÉRON.

Clinias ne vous a-t-il pas dit que je voulais vous entretenir un instant ?

CATILINA.

L'heure est mal choisie, le lieu du rendez-vous n'est pas convenable... A demain, Cicéron... Ah ! la porte est gardée ?

CICÉRON.

Oui, je suis venu accompagné.

CATILINA.

Je comprends.

CICÉRON.

Vous vous présentez au consulat, Sergius?

CATILINA.

Pourquoi pas?... vous vous y présentez bien... Suis-je de moins bonne famille que vous, par hasard? Il faut deux consuls à Rome, vous serez le premier, je serai le second. Vous voyez que je suis modeste.

CICÉRON.

Eh bien! c'est justement dans cette hypothèse que je désirais causer avec vous. Deux collègues qui ne s'entendraient pas... quel détriment pour la république!

CATILINA.

Raillez-vous toujours, Cicéron?

CICÉRON.

Non, sur ma parole de chevalier, et la preuve, Sergius, c'est que, si vous voulez sur certaine question m'engager votre foi de patricien, je suis votre homme.

CATILINA.

Impossible, Cicéron; mes engagements sont pris.

CICÉRON.

Vous refusez?

CATILINA.

Je refuse.

CICÉRON.

C'est votre dernier mot?

CATILINA

C'est le dernier.

CICÉRON.

Prenez garde, Sergius. (Il s'avance près de Catilina.) Nous avons décidé que si vous n'acceptiez pas mes propositions, vous ne seriez pas consul.

CATILINA.

Et comment empêcherez-vous mon élection?

CICÉRON.

Oh! d'une façon bien simple. Pour être nommé consul, n'est-ce pas, il faut se trouver, le jour de l'élection, dans l'enceinte des murs de Rome?

CATILINA.

J'y suis, ce me semble.

CICÉRON.

Oui; mais cette maison, où nous vous avons suivi, où nous vous tenons enfermé; cette maison, qui appartient à Clinias, c'est-à-dire à un de mes amis, touche à la porte Flaminia. En dix minutes, nous vous emportons par-delà les murs; en six heures, nous vous conduisons à bord d'un bâtiment qui attend à Ostia; en quinze jours, ce bâtiment vous conduit en Gaule, en Espagne, en Égypte. Pendant ce temps, les élections se font, et comme vous n'êtes pas à Rome, vous n'êtes pas nommé.

CATILINA.

Ah! voilà donc le moyen que comptent employer, pour se débarrasser d'un adversaire qui les gêne, Caton, Lucullus, Cicéron, c'est-à-dire les gens vertueux! Les gens vertueux appellent cela un moyen, à ce qu'il paraît; moi, qui ne suis pas vertueux, j'appelle cela un guet-apens.

CICÉRON.

Appelez cela comme vous l'entendrez, Sergius; mais regardez-vous dès à présent comme déporté en Gaule, en Espagne ou en Égypte.

CATILINA.

Soit; mais on revient de la Gaule, de l'Espagne, de l'Égypte. On en revient plus fort, par cela même qu'on a été persécuté. Je reviendrai d'Égypte, d'Espagne et de Gaule; je démasquerai les hommes vertueux, et comme on nomme des consuls tous les ans, je serai nommé consul l'année prochaine.

CICÉRON.

Voyons, je me place en face de toi et je te regarde: je vois un homme que la divinité a doué d'une intelligence supérieure, d'un génie éclatant. Cette intelligence brille encore sous la couche épaisse de tes débauches, ce génie transparaît encore sous le masque sanglant de tes crimes! Tu aimes tout ce qui est beau, tu aimes tout ce qui est bon, tu aimes tout ce qui est grand; je ne le nie pas. Tu sais bien aussi que je ne suis pas un homme vulgaire, un grossier paysan d'Arpinum, un bourgeois encroûté, un citadin bouffi d'orge, de figues et de vin; tu sais que je ne

veux pas la religion comme un augure, l'ordre comme un centurion, la prospérité comme un marchand d'étoffes; tu n'ignores pas que j'aime les arts, que j'aime les poëtes, que j'aime la gloire!... Tu es bien convaincu que la postérité est à moi, que ce titre de consul que j'ambitionne n'ajoutera rien à ma renommée d'orateur, n'est-ce pas? Quand je me suis décidé à ne pas te perdre de vue depuis un mois, à te suivre ici le soir, à te tenir enfermé dans cette maison, tu devines que je n'ai pas cédé au besoin de te faire un discours... non: j'ai voulu te voir face à face, j'ai voulu te dire de toi à moi: Catilina, plus de prétextes! Expose-moi ce que tu penses, demande-moi ce que tu veux. Tu me hais, moi, Cicéron, impossible! je ne t'ai fait aucun mal... Tu hais mes principes, ce n'est pas vrai, tu n'en as aucun... Tu as besoin d'argent, tu en auras; tu as soif d'honneurs, je te ferai asseoir sur la chaise d'ivoire des consuls; tu es ambitieux de gloire, nous te ferons général comme Lucullus et comme Pompée!... Mais écoute-moi bien, Sergius, j'ai étudié mon époque, Rome, le monde... Nous sommes arrivés à cette heure solennelle des accomplissements où chaque homme a reçu des dieux une tâche à remplir. Ma tâche, à moi, est sinon d'imprimer, du moins de régler le mouvement de mon siècle. Eh bien! je ne veux pas que ma marche vers le bon, vers l'utile, vers le grand, — ma marche vers le bien, enfin, soit retardée par la crainte ou pressée par la cupidité, Et comme nous devons tous partir du même point pour atteindre à un même but, c'est-à-dire de l'humanité, qui est en bas, pour arriver à la divinité, qui est en haut, vous marcherez avec moi vers ce but, Catilina; vous y marcherez, je l'espère librement, de bon cœur, avec toutes vos forces, et si, pour que vous ne trébuchiez pas en regardant en arrière, il ne faut que vous tendre la main loyalement, je vous la tendrai... Voici ma main, Sergius.

CATILINA.

Merci, Cicéron; mais je ne veux partager avec personne ce que je peux conquérir seul. La vertu est pour vous un prétexte, un moyen d'action avec un mot vous vous faites un levier; avec ce levier, vous soulevez les masses; mais j'ai mon levier aussi, moi, Cicéron. Le vice! ou plutôt ce que vous appelez le vice!... Vous dites à vos partisans: Travaillez, ménagez, endurez... Je dis à mes prosélyte: Prenez, prodiguez, jouissez. Quand nous aurons parlé tous deux en ce sens, sur la place publique... comptez vos clients, je compterai les miens; en vérité, je suis curieux de savoir ce que pourra contre moi cette force de résistance, à laquelle, depuis le commencement du monde les Cicéron de tous les temps ont prêté leur concours. Je suis comme vous, Tullius, je crois que l'heure des accomplissements est arrivée, apportant à chacun sa tâche, et je vais te dire quelle sera la mienne. Souvent tu t'es promené dans Rome, et tu as pu voir deux choses qui ne devraient jamais se rapprocher et qui cependant se heurtent incessamment dans les rues de cette cité, qu'on appelle la cité reine. Ces deux choses, c'est la suprême richesse et la suprême misère, des hommes en tunique brodée d'or et en manteau de pourpre, qu'on appelle les patriciens; des cadavres vivants à moitié nus, qu'on appelle le peuple.

CICÉRON.

Eh bien, à ce peuple nu, ne jetons-nous pas souvent un manteau de pourpre, à ces cadavres vivants ne donnons-nous pas la sportule et ne faisons-nous pas l'aumône?

CATILINA.

C'est cela, tu fais l'aumône parce que tu es riche; mais moi je ne suis plus riche et je me suis dit: Est-ce qu'au lieu de faire l'aumône, je ne pourrais pas faire la justice... car sache bien une chose, ces hommes en manteau de pourpre n'ont rien fait de bon pour être riches; ces cadavres vivants à moitié nus n'ont rien fait de mauvais pour être pauvres. Ils ont, suivant le hasard qui a présidé à leur naissance, vu le jour les uns dans un palais de la voie Flaminia ou de la porte Capène, les autres dans quelque mauvaise impasse de la Suburra ou de l'Esquilin, et alors, selon qu'ils ont ouvert les yeux sous le marbre ou sous le chaume, l'inexorable Fatum, ce dieu des rois, ce roi des dieux leur a dit: Pour toute ta vie tu es voué au luxe ou condamné à la misère. Et cela ce n'est pas depuis hier, ce n'est pas depuis un mois, ce n'est pas depuis un an, mais depuis des siècles, et depuis des siècles, les cris de ces malheureux déshérités du destin sont inutilement monté vers l'abîme ou le ciel. Aussi l'Italie se dépeuple; Rome a depuis cinquante ans élevé trois temples à la Fièvre. Encore si la mort frappait également, il n'y aurait rien à dire; mais la mort a pris parti pour les patriciens qui ont des palais bien aérés, des villas bien fraîches, des fermes bien saines... A l'époque des chaleurs, au temps des débordements du Tibre, quand le riche fuit Rome, la mort se garde bien de le suivre. Non: hôtesse funèbre, elle a ses quartiers de prédilection, elle visite le taudis du pauvre et va s'asseoir au chevet du mendiant. Là elle fait tranquillement son œuvre, elle sait bien que le médecin grec, cher à Esculape, ne montera pas cinq étages pour lui arracher sa proie. La mort, que l'on représente aveugle et impassible, est devenue haineuse et partiale... Eh bien, j'ai vu cela, moi, et je me suis dit : La société est mal faite ainsi ; les dieux ont créé l'air du ciel et les biens de la terre pour tous, il est temps que tous aient part aux biens de la terre et à l'air du ciel... Eh bien, ma tâche à moi, Cicéron, c'est d'ouvrir l'univers au torrent qui gronde ; je veux voir l'expansion de cet ocean qui rugit, je veux entendre l'explosion de ces millions de volcans humains qui ne demandent qu'à éclater.

CICÉRON.

C'est-à-dire que tu veux détruire ce qui est, n'est-ce pas ?... Eh bien, soit, si tu as quelque chose de mieux à mettre à la place.

CATILINA.

Quand nous en serons là, nous verrons.

CICÉRON.

Ah ! pauvre aveugle qui joue avec les hommes et les choses, les institutions et les lois, les révolutions et les empires ! Pauvre insensé qui entasse les uns sur les autres, vices et besoins, crimes et misères, haines et passions, comme faisaient les Titans de Pelion sur Ossa pour escalader le ciel... et qui, lorsqu'on lui demande quel nouveau monde il compte tirer de l'ancien, quel univers il veut pétrir avec le chaos... pauvre aveugle ! pauvre insensé qui se contente de répondre : Quand nous en serons là, nous verrons ! Encelade a tenté ce que tu veux faire, et Encelade foudroyé est enseveli sous l'Etna.

CATILINA.

Eh bien, Catilina et Cicéron recommenceront la lutte d'Encelade et de Jupiter, et nous verrons à qui cette fois demeurera la victoire.

CICÉRON.

Ah ! la victoire n'est pas un doute pour moi, Catilina, pour moi qui ne crois pas au hasard, mais à une force motrice, intelligente, supérieure. Oh ! non, ce n'est pas pour reculer devant ce qui lui reste à faire, que Rome a fait ce qu'elle a fait ? Non, quand elle est sortie de l'enceinte de Romulus pour s'emparer du Latium, du Latium pour s'emparer de l'Italie, de l'Italie pour s'emparer du monde ; quand elle a pris à Carthage son commerce, à Athènes ses arts, à Sardes ses richesses, à Memphis sa science ; quand, pareille à ces divinités de l'Inde, qui ont dix mamelles, elle fait boire à dix peuples à la fois le lait de l'avenir, ce n'est pas, crois-moi, pour que sa gigantesque destinée avorte selon le caprice d'un homme !... Non, Sergius, prends le feu ! prends l'épée ! rends la torche ! Tu ne pourras rien contre Rome, Rome est immuable, Rome est éternelle, Rome est sous la main des dieux !

CATILINA.

Eh bien ! si Rome est sous la main des dieux, ce que j'aurai détruit, les dieux se chargeront de le reconstruire.

CICÉRON.

Vous allez voir, Catilina, qu'il y a un Dieu... J'ai voulu vous ramener au bien...

CATILINA.

C'est-à-dire à votre avis.

CICÉRON.

Ne m'interrompez pas, le moment est suprême. Je vous ai parlé le langage de la fraternité... C'est un mot que vous ne comprenez pas... il n'est pas dans le vocabulaire de notre société, et malheureusement il faudra verser encore bien du sang pour l'écrire au livre de l'humanité. Je vous ai dit partageons... Je vous ai dit améliorons... Je vous ai dit aimons-nous... mais vous avez fermé votre oreille à mes instincts, votre cœur à mes prières... Vous avez persévéré dans votre folie furieuse... Eh bien ! Catilina, c'est maintenant un arrêt rendu contre vous.

CATILINA.

Vous m'exilez ?

CICÉRON.

Non ! C'était bon tout à l'heure, j'espérais encore... Maintenant, vous m'avez ouvert l'abîme de votre cœur. J'ai réfléchi... je ne vous exile plus... je vous tue.

CATILINA.

Ah ! voilà donc la péroraison de l'homme vertueux, de l'honnête citoyen, du clément orateur qui, devançant les siècles, a inventé le mot fraternité pour me séduire... Capito le boucher ne parle pas si bien... Mais il faut lui rendre justice, il ne tuerait pas mieux.

CICÉRON.

Eh bien ! c'est justement parce que je suis tout ce que tu dis, qu'il faut que tu meures. Deux grands principes luttent l'un contre l'autre depuis le commencement du monde... l'ordre et le désordre, le bien et le mal, la vie et le néant... Moi je suis l'ordre, je suis le bien... je suis la vie... Toi tu es le désordre... tu es le mal... tu es le néant. Nous combattons, je te tuerai... Car si je ne te tuais pas, peut-être tuerais-tu la société.

CATILINA.

Ainsi, à toi l'homme de la fraternité, à toi aussi il te faut du sang pour accomplir ton œuvre de fraternité... Tu vois bien que tu n'es pas meilleur que moi. Cicéron !

CICÉRON.

Tu te trompes ; car si tu sors d'ici, Catilina, ce n'est plus une lutte entre Sergius et Cicéron... c'est une guerre entre le peuple et le sénat. Demain, après-demain peut-être, dix mille hommes égorgés rougiront de leur sang les rues, le Forum, la Voie Sacrée... En te tuant aujourd'hui, en te tuant ici, j'économise !

CATILINA.

Et sans doute la même main qui m'aura frappé se chargera d'écrire mon histoire ?

CICÉRON.

Ton histoire ?... et à quoi bon ? Prends tes tablettes et assieds-toi à cette table. Écris ton testament... Ajoute que c'est moi... moi, Marcus Tullius Cicéron qui te tue... Et ce que tu auras ordonné sera accompli ; ce que tu auras écrit sera lu... lu au sénat, lu au Forum, lu au peuple, d'un bout à l'autre, hautement, publiquement... Mais hâte-toi, je te donne cinq minutes.

CATILINA.

Merci, Cicéron, j'accepte tes cinq minutes, et que le ciel te rende à l'heure de ta mort.

CICÉRON, s'avançant au milieu de la cour.

Hors du fourreau les épées...

SCÈNE IX.

CATILINA seul, CICÉRON et les chevaliers dans la cour.

CATILINA, allant à la porte à droite du spectateur.

Fermée !... (Il traverse le théâtre et secoue la porte à gauche.) Fermée aussi... Oh !

CHARINUS, une lampe à la main soulève la trappe du souterrain.

Venez, mon père ! (Catilina s'élance dans l'ouverture et disparaît avec Charinus.)

ACTE IV.
CINQUIÈME TABLEAU.

Le Champ de Mars au jour des Comices.
SCÈNE I.

CICADA, GORGO, UN ESCLAVE, Bourgeois se promenant et attendant.

CICADA, à cheval sur le tombeau de Sylla.

Combien as-tu déjà déjeuné de fois, Gorgo ?

GORGO.

Trois fois.

CICADA.

Et combien de fois dîneras-tu ?

GORGO.

Toute la journée.

CICADA.

Ce que c'est que de n'avoir pas l'âge de voter ! Moi, je serais encore à jeûn sans Volens qui m'a donné un pâté d'alouettes et une amphore de vin. Quel est celui qu'on vient de te servir à toi ?

GORGO.

Du massique, à ce que l'on m'a dit.

CICADA.

Moi je déguste du cœcube. Envoie-moi du tien, je t'enverrai du mien.

GORGO, à l'Esclave.

Fais goûter de ta liqueur à ce jeune citoyen qui est là sur le tombeau de Sylla.

L'ESCLAVE.

Mais il n'a pas l'âge de voter.

GORGO.

Il est mon ami.

L'ESCLAVE.

Oh ! alors, c'est autre chose. (Il sert à boire à Cicada.)

Et Volens, où est-il ?

GORGO.

CICADA.

Il place des bulletins pour Catilina. Catilina lui a fait distribuer du vin, et pour engager les électeurs à boire, il boit. Il en a déjà enrôlé plus de cinq cents et grisé plus de mille.

GORGO.

Aussi sa voix s'enroue. Écoute; on l'entend si on ne le voit pas.

VOLENS, *dans la coulisse.*

Arrivez par ici, les forgerons ; arrivez, les fondeurs; arrivez, les taillandiers. Vive Sergius Catilina !

TOUS *répètent :*

Vive Sergius Catilina !

SCÈNE II.

LES MÊMES, VOLENS.

VOLENS.

Rangez-vous là et attendons. Serrez les rangs, front. (*Apercevant Cicada.*) As-tu bien bu, petit ? as-tu bien mangé ?

UN HOMME, *dans les rangs*

C'est bon de boire, c'est bien de manger, mais on nous avait promis vingt sesterces par homme. Où sont les sesterces ?

VOLENS.

Sois tranquille, ils viendront.

LE MÊME.

Où sont-ils? voyons.

VOLENS.

Silence, ivrogne. Arrive ici, Gorgo... Arrive ici, Cicada.

CICADA.

Moi aussi?

VOLENS.

Tiens, il faut que tu gagnes ton pâté d'alouettes. Écoutez-moi tous les deux. Vous allez vous promener autour des ponts où les électeurs viennent déposer leurs bulletins. Ceux qui votent pour un seul, vous tâcherez de les faire voter pour Catilina... ceux qui voteront pour deux, vous tâcherez de les faire voter pour Catilina et Antonius... ceux qui ne sauront pas écrire, vous leur donnerez des bulletins tout prêts. Il y en a plein mon casque, prenez.

CICADA.

Mais s'ils veulent qu'on mette Cicéron?

VOLENS.

Eh bien, vous écrirez Catilina, et vous direz que vous mettez Cicéron.

CICADA.

C'est vrai, cela commence par un C.

VOLENS.

Vous entendez, qu'il n'en soit pas question, de Cicéron. C'est Catilina qu'il nous faut, un capitaine et non un avocat.

CICADA.

Mais où est-il donc Catilina ?

VOLENS.

Probablement où il a besoin d'être. Cela ne nous regarde point. (*Bruit dans la coulisse, à gauche*)

CICADA.

En attendant, voilà le seigneur pois chiche qui vient, lui... il ne dort pas, il a recruté les bourgeois.

VOLENS.

Où donc le vois-tu, toi?

CICADA.

Là bas, en robe blanche. Tenez, tenez, en a-t-il après lui... Mais si on lui laisse comme cela récolter toutes les voix, il n'en restera plus pour les autres.

VOLENS.

Tais-toi, jeune homme; tu n'entends rien au gouvernement.

GORGO.

Par Jupiter, Cicada a raison... ce n'est pas un cortège, c'est une armée.

VOLENS.

Tout cela se dissipera quand on jouera du bâton.

GORGO.

Vous croyez?

VOLENS.

A vos rangs !... une bonne huée pour l'avocat d'Arpinum... ho ! Cicéron...

LES BOURGEOIS *répondent.*

Vive Cicéron !... (*Huées, applaudissements.*)

SCÈNE III.

LES MÊMES, CICÉRON *entre du fond, côté gauche.*

CICÉRON.

Merci, merci, mes amis. Vous savez ce que je veux, n'est-ce pas? En me nommant, vous aurez l'ordre, la tranquillité, le commerce.

LES BOURGEOIS.

Bravo !

VOLENS, *à gauche, dans le fond.*

N'écoutez donc pas ce bavard qui parle pour de l'argent... qui dit blanc et qui dit noir, selon qu'on le paye en or ou en cuivre, ou plutôt qui ne dit rien quand on le paye en cuivre. A bas Cicéron, à bas!

CICÉRON, *descendant la scène.*

Oh ! oh ! je n'ai rien de bon à faire par ici, je suis en plein Catilina... ah ! ah! Caton.

VOLENS, *aux partisans de Catilina qui rentrent.*

Bon, voilà du renfort qui lui arrive. Il va perdre son temps à bavarder avec Caton... allez vite distribuer les bulletins et revenez. Ne vas pas me perdre mon casque, toi.

CICADA.

N'aie pas peur !... (*Il sort avec Gorgo.*) Vive Catilina !.. (*Tous les Catilina sortent par la gauche.*)

SCÈNE IV.

LES MÊMES, CATON, *entrant par la droite.*

CICÉRON, *allant au-devant de Caton.*

Eh bien, les entendez-vous comme ils crient ?

CATON.

Laissez-les crier, les choses vont au mieux.

CICÉRON.

Comment cela ?

CATON.

Nous avons trois cent mille voix, toutes celles de la bourgeoisie et du commerce... tout les bons Romains sont pour nous.

CICÉRON.

Les jours d'élection, Caton, les voix sont des voix, ils ont eu celles du peuple et de tous les nobles ruinés.

CATON.

De sorte que les soixante-quinze mille voix de César, à votre avis, feront la majorité?

CICÉRON.

Oui, selon qu'elles se porteront sur Catilina ou sur moi.

CATON.

Avez-vous un moyen de communiquer avec César sans le compromettre?

CICÉRON.

J'ai Fulvie, la maîtresse de Curius.

CATON.

Curius est à Catilina !

CICÉRON.

Oui, mais Fulvie est à nous.

CATON, *montrant un papier.*

Eh bien ! voilà les soixante-quinze mille voix de César; je veux les donne, Cicéron.

CICÉRON.

Dans ce billet !

CATON.

Lisez la signature.

CICÉRON.

Servilie !... votre sœur !... vous avez employé ce moyen !. .

CATON.

Comprenez, Cicéron, et que ceci reste entre nous.

CICÉRON, *remontant.*

Soyez tranquille ! (*Cris dans la coulisse.*)

CICADA, *retournant le casque.*

Plus un, père Volens : tout est distribué.

VOLENS.

Bien, petit ; et toi, Gorgo ?

GORGO.

En avez-vous d'autres ?

VOLENS.

Il va en venir.

CICADA.

Dites donc, seigneur Caton, et le disque de Rémus ?

GORGO.

Vous qui nagez si bien, vous devriez l'aller chercher au fond du Tibre; foi de citoyen Romain, je donne ma voix au seigneur Cicéron, si vous faites cela.

VOLENS.

Seigneur Caton, une coupe.

CATON.

Tu ignores donc que je ne bois pas de vin?

VOLENS.

Bah! une fois n'est pas coutume.

CATON.

Eh bien! donne.

PARTISANS DE CATILINA.

A Catilina! à Catilina!

PARTISANS DE CICÉRON.

A Cicéron! à Cicéron!

CATON, *levant sa coupe.*

A Rome! (*Il boit; applaudissements; tumulte au fond.*)

CICÉRON, *se retournant.*

Qu'y a-t-il là-bas?

SCÈNE V.

LES MÊMES, L'AFFRANCHI, DU PREMIER ACTE.

L'AFFRANCHI.

Seigneur Tullius! seigneur Tullius!

CICÉRON.

Lui! par ici!

L'AFFRANCHI.

Bonne nouvelle.

CICÉRON.

Parle bas; ces gens sont nos ennemis.

L'AFFRANCHI.

Oh! ce que j'ai à vous dire, dans dix minutes sera connu de tout le monde.

CICÉRON, CATON, LUCULLUS.

Eh bien! quoi?

L'AFFRANCHI.

Toute une tribu qui avait engagé ses voix à Curius et qui devait voter pour Catilina et Antonius, a voté pour Antonius et pour vous.

CATON.

Comment cela s'est-il fait?

L'AFFRANCHI.

Il paraît que les bulletins ont été changés, et comme ils votaient de confiance, les électeurs ont voté pour vous.

CICÉRON, *bas.*

Fulvie m'a tenu parole.

L'AFFRANCHI.

C'est douze ou quatorze mille voix sur lesquelles vous ne comptiez pas et qui vous arrivent.

CICÉRON.

Elles sont les bien venues.

VOLENS, *aux siens.*

Ils se réjouissent!... est-ce que cela irait mal pour nous?.. Eh! oh! que se passe-t-il donc là-bas? (*Bruit, rumeurs.*)

GORGO.

On dirait une bataille.

CICADA.

S'il y a bataille, un peu de patience, les autres... attendez-moi.

CICÉRON.

Allez donc voir ce qui se passe, Caton. (*Tous le monde sort.*)

SCÈNE VI.

CICÉRON, FULVIE, *voilée.*

FULVIE, *sans lever son voile.*

Ce n'est rien.

CICÉRON.

Est-ce vous, Fulvie?

FULVIE.

Oui!

CICÉRON.

Que fait-on là-bas?

FULVIE.

On s'extermine.

CICÉRON.

Qui cela?

FULVIE.

Mes votants. Quand ils ont vu qu'ils étaient trompés, ils ont voulu annuler l'élection; le questeur s'y est opposé... les chevaliers ont soutenu le questeur, de sorte que les coups pleuvent comme grêle.

CICÉRON.

Bien joué, Fulvie! Et Curius ne se doute de rien? il ne vous soupçonne pas?

FULVIE.

Il soupçonnerait plutôt sa main droite. Je vous le conduirai quand vous voudrez dans le Tibre.

CICÉRON.

Les yeux bandés?

FULVIE.

Les yeux ouverts.

CICÉRON.

Maintenant, pouvez-vous causer avec César?

FULVIE.

Pourquoi pas?

CICÉRON.

Il faudrait le voir avant l'élection.

FULVIE.

Rien de plus facile. Il n'y a qu'à l'attendre ici... il va venir.

CICÉRON.

Eh bien, attendez-le. (*Il regarde autour de lui.*) Et...

FULVIE.

Et?...

CICÉRON.

Remettez-lui ce billet. (*Il s'éloigne.*)

FULVIE.

Bien.

CICÉRON.

Oh! oh! voici tous nos ennemis. Laissez-moi me retirer et retirez-vous vous-même, vous pourriez être reconnue. (*Cicéron s'éloigne d'un côté, Fulvie de l'autre.*)

SCÈNE VII.

LES MÊMES, *moins* CICÉRON *et* FULVIE, *plus* CURIUS, CÉTHÉGUS, CAPITO, LENTULUS *et* LA FOULE.

CURIUS.

C'est une trahison! c'est une infamie!... L'élection doit être annulée.

LENTULLUS.

Mais comment cela s'est-il fait?

TOUS.

Oh! à mort les traîtres!

CURIUS.

Comment cela s'est fait? le sais-je? puis-je le savoir? Je donne des bulletins... les deux noms y sont écrits par moi, et par mon secrétaire, devant moi... et quand on dépouille le scrutin, un des noms est changé.

CÉTHÉGUS.

Par Hercule! tu as du malheur, Curius. Pour une tribu que tu fais voter, elle se trompe. J'en ai fait voter six. Soixante-quinze mille hommes, et pas une erreur.

CURIUS.

Qu'est-ce à dire? m'accuses-tu?

CÉTHÉGUS.

Non; mais je dis...

LENTULUS.

Assez! Voyons, c'est un malheur... mais réparable avec de l'activité. Avez-vous vu Catilina?

CURIUS *et* CÉTHÉGUS.

Non.

LENTULUS, *à* Volens.

Et vous autres?

VOLENS.

Pas aperçu.

GORGO.

Nous le demandions tout à l'heure.

CICADA.

Oui; et puis l'on demandait aussi les sesterces.

CAPITO.

C'est vrai!... l'argent!... Il nous avait dit de passer chez lui ce matin... et personne pour nous recevoir... Y a-t-il au moins quelqu'un de sa maison ici?

STORAX, *s'avançant.*

Il y a moi, seigneur.

CAPITO.

Qui es-tu, toi?

STORAX.

Je suis son nomenclateur.

LENTULUS.

Quand l'as-tu quitté?

STORAX.

Hier soir.

CURIUS.

Et depuis hier tu ne l'as pas revu?

STORAX.

Non, seigneur; non.

CAPITO.

Et l'argent? tu n'en as pas entendu parler?

STORAX.

Pas le moins du monde. (*Le peuple remonte au devant de l'intendant.*)

SCÈNE VIII.

Les Mêmes, *un Homme conduisant un mulet.*

L'INTENDANT, *avec les Esclaves.*

Voici l'argent promis par le seigneur Catilina.

LENTULUS.

C'est toujours quelque chose.

STORAX.

L'intendant d'Orestilla!... Cache-toi, Storax! cache-toi!

CURIUS.

Et as-tu des ordres?

L'INTENDANT.

Pas d'autres que de remettre en son absence cet argent aux mains de ses amis. Vous êtes ses amis, je vous remets l'argent.

CAPITO.

Vive Catilina, alors!

CURIUS.

Citoyens, c'est cent vingt sesterces par tête, n'est-ce pas?

TOUS.

Oui! oui! oui!

CICADA, *prenant le mulet par la bride.*

Oh! le joli mulet! (*Il le baise sur le nez. Chacun s'éloigne. On partage l'argent de Catilina.*)

SCÈNE IX.

ORESTILLA, L'INTENDANT.

ORESTILLA.

Eh bien?

L'INTENDANT.

Il n'est pas ici, comme vous voyez.

ORESTILLA.

Et chez lui?

L'INTENDANT.

Non plus.

ORESTILLA.

Ses amis savent-ils où il est?

L'INTENDANT.

Ils le cherchent comme vous.

ORESTILLA.

Qui a envoyé l'or cette nuit?

L'INTENDANT.

L'intendant.

ORESTILLA.

En disant?

L'INTENDANT.

En disant qu'il vous remerciait, mais qu'il n'en avait pas besoin.

ORESTILLA.

Il y a quelque chose d'étrange là-dessous. Cherche Nubia, et envoie-la-moi.

L'INTENDANT, *passant devant.*

Où dois-je l'envoyer?

ORESTILLA.

Ici. (*Elle abaisse son voile et demeure adossée au tombeau.*)

SCÈNE X.

Les Mêmes, RULLUS, LENTULUS.

LENTULUS.

Comprenez-vous, Rullus?

RULLUS.

Le vote de toute cette tribu?

LENTULUS.

Non, l'absence de Catilina.

RULLUS.

Catilina absent?

LENTULUS.

Sans que personne puisse dire où il est.

RULLUS.

Et l'argent?

LENTULUS.

L'argent est venu, par bonheur.

RULLUS.

C'est qu'il m'en faut pour mes hommes, et beaucoup.

LENTULUS.

On vous en a mis une sacoche à part.

RULLUS.

Bon.

Eh bien! Catilina?

CAPITO, *revenant.*

LENTULUS.

Absent toujours, tandis que Cicéron parle, s'agite, pérore. Le voyez-vous, là-bas, avec Caton et Lucullus?

CÉTHÉGUS.

Par Hercule! l'auraient-ils assassiné?

VOLENS.

Assassiné! Qui cela? Si Catilina est assassiné, nous brûlons Rome : les funérailles seront dignes du mort!

CRIS DU PEUPLE.

Catilina! Où est Catilina? (*Bruit, confusion.*)

CÉTHÉGUS.

Faites-leur un discours, Rullus; cela leur donnera un peu de patience.

RULLUS.

Soit.

LENTULUS.

Monte sur ce banc.

RULLUS.

Romains!

TOUS.

Chut! chut! écoutons Rullus.

RULLUS, *monté sur un banc.*

Romains! vous appelez Catilina, et vous avez raison. Catilina, c'est votre ami, c'est notre patron à tous. Nommez-le, et la première loi que nous rendrons, c'est le partage du champ public, ce champ qui appartient au peuple, et que les consuls louent à vil prix à des publicains comme Métellus, comme Lucullus, comme Caton.

TOUS.

Bravo! bravo!

RULLUS.

Rien que dans le partage des champs qui environnent Rome, et qui sont affermés aux éleveurs de bestiaux, il y a de quoi enrichir cent mille familles.

TOUS.

Oui, oui, le partage du champ public! La loi agraire! La loi des Gracques!

RULLUS.

Puis, il y a encore le territoire de Capoue qui est libre, et que le sénat se réserve; un million d'arpents de terres et des meilleures de l'Italie; les jardins qui ont arrêté Annibal, et qui, aux mains de nos administrateurs, sont devenus un désert.

TOUS.

Bravo! bravo!

RULLUS.

Votez donc pour Catilina! pour Catilina, qui vous promet tout cela, qui veut que le peuple soit maître et roi, oui, maître et roi à son tour. Votez pour Catilina! Je réponds de lui, je me porte garant pour lui.

TOUS.

Vive Catilina!

RULLUS.

Vous fiez-vous à ma parole?

TOUS.

Oui! oui!

RULLUS.

Me croyez-vous votre ami?

TOUS.

Oui, oui.

RULLUS, *tirant des bulletins.*
Eh bien ! pour Catilina ! amis, pour Catilina ! (*Il distribue les bulletins.*)

LENTULUS, CAPITO, VOLENS.
Pour Catilina ! amis, pour Catilina ! (*On porte Rullus en triomphe.*)

CÉTHÉGUS.
Ils sont tout préparés, vous n'avez qu'à les mettre dans l'urne.

TOUS.
Allons voter ! allons voter ! (*Tout le peuple sort.*)

RULLUS, *s'essuyant le front.*
Encore une bataille gagnée !

CÉTHÉGUS, *embrassant Rullus.*
Vous êtes l'éloquence en personne, mon cher Rullus ; une bouche d'or !

RULLUS.
Oui, mais je ne les quitte pas.

CÉTHÉGUS.
Par Hercule ! je crois bien. Poussez-les, poussez-les !

RULLUS.
Je ferai de mon mieux ; mais si Catilina n'arrive pas, je ne réponds plus de rien.

CÉTHÉGUS.
Allez toujours ! (*Rullus sort.*)

LENTULUS.
Il a raison, Catilina nous perd.

CAPITO.
Il faudrait gagner du temps.

CÉTHÉGUS.
J'ai une idée.

LENTULUS.
Laquelle ?

CÉTHÉGUS.
Si Catilina n'est pas ici dans cinq minutes...

LENTULUS.
Eh bien ?

CÉTHÉGUS.
Ce cher Rullus ! il est l'idole du peuple...

CAPITO.
Vous le proposez à la place de Catilina ?

CÉTHÉGUS.
Allons donc ! ce serait une infamie... Non, je le fais tuer dans un coin...

LENTULUS, *stupéfait.*
Qui, Rullus ?

CÉTHÉGUS.
Nous ferons venir un char, on le traînera au milieu de la foule... Nous crierons vengeance ! nous dirons que le crime vient de Cicéron, et nous ferons voter d'enthousiasme pour Catilina.

LENTULUS.
Mais encore faut-il que Catilina soit ici, ou l'élection sera nulle.

SCÈNE XI.

LES MÊMES, CATILINA, *puis* CURIUS.

CATILINA, *escorté par la foule.*
Me voici, mes amis, me voici !

TOUS.
Ah ! ah ! Vive Sergius ! vive Catilina !

CÉTHÉGUS.
Par Hercule ! vous avez bien tardé, Sergius.

CATILINA.
Bonjour, mes amis, bonjour ! Oui, j'ai tardé, c'est vrai ; mille embarras sont survenus ; j'avais mon accord à faire avec Antonius... Eh bien, comment va le vote ?

LENTULUS.
A merveille ! Heureusement qu'en ton absence l'argent est venu ; il a parlé pour toi. (*On entend sonner l'argent.*) Tiens, entends-tu ? il parle encore...

CAPITO.
Allons, tu as bien fait les choses, Catilina, et il n'y a rien à dire.

CATILINA.
Ah ! j'ai bien fait les choses, soit. Et César, l'a-t-on vu ?

CURIUS.
Oh ! César votera pour nous.

CATILINA.
Oui, comme votre tribu. (*Il lui tourne le dos.*)

CÉTHÉGUS.
Que voulez-vous ? c'est une différence de quatorze à quinze mille voix.

CATILINA.
Qui n'a pas d'importance, si nous avons les soixante-quinze mille voix de César.

CÉTHÉGUS.
Qu'il vienne seulement, et nous les aurons.

TOUS.
Oui, oui.

CATILINA.
Ceci vous regarde. Vous vous chargez de César, n'est-ce pas ?

CAPITO *et* LENTULUS.
Nous nous en chargeons.

CATILINA.
Avez-vous vu mon nomenclateur ?

LENTULUS.
Il était là tout à l'heure, travaillant de son mieux pour toi.

CATILINA.
Hola ! maître !

STORAX, *vivement.*
Me voilà.

CATILINA.
Viens.

STORAX.
Deux mots, seigneur ?

CATILINA.
Parle.

STORAX.
Elle est là.

CATILINA.
Qui ?

STORAX.
Ne vous retournez point... Orostilla.

CATILINA.
Où ?

STORAX.
Auprès du tombeau.

CATILINA.
C'est elle qui a envoyé l'argent ?

STORAX.
Oui.

CATILINA.
Je m'en doutais. Commençons par ces groupes.

STORAX.
Mais nous allons de son côté ?

CATILINA.
Pourquoi pas ?

STORAX.
Bon Jupiter !

CATILINA.
N'es-tu pas déguisé de telle façon à ce que les Parques elles-mêmes ne te reconnaissent pas ?

STORAX.
Je l'espère !

CATILINA.
Allons, redresse-toi et parle. Quels sont ces gens-là ?

STORAX.
Le bleu ou le violet.

CATILINA.
Le bleu ?

STORAX.
Publius Pudens, marchand bonnetier dans le vicus Toscanus. Chef de centurie, deux enfants, un garçon et une fille ; le garçon boite.

CATILINA.
Publius Pudens, salut ! (*Les partisans de Catilina s'approchent.*)

PUDENS.
Salut, seigneur Catilina !

CATILINA.
Il est arrivé de belles laines de Judée, cette année ?

PUDENS.
Mais oui, seigneur.

CATILINA.

Vous savez que je nourris bon nombre de brebis ; je puis vous envoyer quelques échantillons.

PUDENS.

A quel prix ?

CATILINA.

Jh ! mes échantillons, je ne les vends pas, je les donne. S'ils vous conviennent, vous viendrez prendre livraison à ma maison de campagne. En même temps, amenez votre fils qui boite. En le voyant passer, l'autre jour, mon médecin me disait qu'il y aurait peut-être moyen de le guérir. Il se mettra tout à votre disposition.

PUDENS.

Merci.

CATILINA.

Si vous n'avez pas de répugnance à voter pour moi, Pudens, je me recommande à vous et à vos amis.

PUDENS.

Nous verrons, seigneur Sergius.

CATILINA, *l'embrassant.*

J'attendrai respectueusement. (*A Storax.*) Et cette face blême ?

STORAX.

Le violet ?

CATILINA.

Oui.

STORAX.

Marcus Bino, charcutier, cent vingt voix ; marié depuis trois mois.

CATILINA.

Salut, Marcus Bino. J'ai cent beaux porcs dans ma métairie de Féciale, je veux vous en envoyer une douzaine à titre de cadeau ; si ceux-là vous conviennent, nous traiterons des autres à un prix raisonnable, je vous le promets.

BINO.

Merci.

CATILINA.

Vous avez, par Hercule, une figure de prospérité ; c'est sans doute le mariage ?

STORAX, *bas et vivement.*

Ne lui parlez pas de sa femme, bon Jupiter.

CATILINA.

Pourquoi cela, puisqu'il l'a épousée depuis trois mois ?

STORAX.

Elle est accouchée hier.

CATILINA.

Votez pour moi, mon ami.

BINO.

Peut-être.

CATILINA.

Je me confie à votre amitié. (*Les partisans de Catilina veulent prendre Bino, il refuse ; il sort avec les autres.*)

STORAX.

Voici, de ce côté, Furius Cappa et Toustrinus Glabrio ; l'un est cabaretier, l'autre tondeur.

CATILINA.

Mariés ?

STORAX.

Cappa est veuf ; il a laissé tomber, dit-on, du haut de l'escalier, un broc de plomb sur la tête de sa femme.

CATILINA.

Et Glabrio ?

STORAX.

Glabrio est célibataire. Aie ! voilà Aurélia.

AURÉLIA, *bas.*

Je n'y puis plus tenir. (*Haut et relevant son voile.*) Bonjour, seigneur Sergius.

CATILINA.

Oh ! chère Aurélia, bonjour ; que vous me faites plaisir en me venant joindre ici !

AURÉLIA.

J'étais là bien avant vous, Catilina, et je commençais à m'inquiéter, je vous l'avoue.

CATILINA.

Et de quoi ?

AURÉLIA.

Mais, d'abord, de ce renvoi d'argent que je n'ai pas compris, après ce qui était convenu entre nous.

CATILINA.

Mes amis m'avaient assuré que c'était une dépense inutile.

AURÉLIA.

J'ai pensé qu'il y avait quelque malentendu, j'ai envoyé l'argent et l'ai fait remettre à vos amis, qui l'ont parfaitement accepté ; sans doute ce matin ils avaient changé d'avis : la nuit porte conseil.

CATILINA.

Merci, Aurélia.

AURÉLIA.

Mais ce n'était pas seulement cela qui m'inquiétait.

CATILINA.

Qu'était-ce donc ?

AURÉLIA.

Ce matin, pensant que je pouvais vous être utile, je me suis présentée chez vous.

CATILINA.

A quelle heure ?

AURÉLIA.

A la première.

CATILINA.

En effet, j'étais déjà sorti.

AURÉLIA.

Ou plutôt vous n'étiez pas rentré.

CATILINA.

Et c'est cela qui vous a inquiétée ?

AURÉLIA.

Oh ! non ; mais on m'a dit qu'à la fin de la troisième veille, vous aviez envoyé chercher votre médecin Chrysippe, qu'on l'avait fait lever, et qu'il était parti sans dire où il allait ; j'ai craint qu'il ne vous fût arrivé quelque accident.

CATILINA.

Chrysippe, cet hiver, a donné en mon nom des soins aux gens pauvres de la Suburrane et du Velabre. Je l'ai mis en campagne pour faire recolte de voix.

AURÉLIA.

De sorte qu'il moissonne pour vous à cette heure ?

CATILINA.

Probablement. Voulez-vous permettre que je continue mes suppliques ? Croyez que j'aimerais mieux causer avec vous que d'aller serrer toutes ces mains sales et baiser toutes ces barbes mal faites. (*Clinias est entré depuis un moment.*)

AURÉLIA.

Allez, d'autant plus qu'il y a là quelqu'un qui vous attend, ce me semble.

SCÈNE XII.

LES MÊMES, CLINIAS, *sur le devant de la scène,* MARCIA *dans la foule.* CATILINA, *en se retournant, se trouve en face de Clinias.*

CLINIAS.

Demeure !

CATILINA.

Qui es-tu ?

CLINIAS.

Clinias !

CATILINA.

Que me veux-tu ?

CLINIAS.

Je viens te redemander mon fils !

CATILINA.

Je ne te comprends pas.

CLINIAS.

Mon fils que tu m'as enlevé là, cette nuit, dans ma maison ;

ORESTILLA.

Charinus !

CATILINA.

Je ne sais ce que vous voulez dire.

CLINIAS.

Oh ! je me doutais bien que tu nierais. Heureusement Cicéron était là, Cicéron et ses douze chevaliers. Ils affirmeront au peuple que tu as violé ma maison et enlevé mon enfant.

LE PEUPLE.

Allons donc !

CATILINA.

Laissez-moi passer, vous êtes fou.

CLINIAS.

A moi, Romains, à moi! (*Les Catilina et les bourgeois descendent en scène.*) Ce misérable qui se présente à vos suffrages, qui vient demander vos voix; ce misérable s'est introduit cette nuit dans ma maison, dans cette maison que vous voyez là, là! et il m'a enlevé mon enfant, Cicéron y était, Cicéron me rendra témoignage. (*Deux hommes s'emparent de Clinias.*)

CATILINA.

Amis, il a prononcé le nom de Cicéron, et le nom de Cicéron est aujourd'hui une mauvaise recommandation pour Catilina. (*Les bourgeois disent Non, non; les Catilina s'emparent de Clinias.*)

CLINIAS.

Écartez de moi cet homme. Oh! misérable!

CATILINA.

Qu'on ne lui fasse aucun mal, vous comprenez, mais qu'on le mette en lieu de sûreté jusqu'à ce que les élections soient finies. (*On entraîne Clinias.*)

ORESTILLA.

Ah! voilà donc à quoi il a occupé sa nuit!

CATILINA, *se rapprochant des électeurs.*

Vous ne croyez pas à un mot de ce qu'il dit?

CAPPA.

Non, seigneur Sergius. D'ailleurs c'est un étranger; il n'est pas Romain.

CATILINA.

Non, c'est un Grec, et vous le savez, il est d'une race à laquelle on fait faire tout ce qu'on veut pour cinquante sesterces.

TOUS.

Oui, oui; c'est un Grec! A mort le Grec!

CATILINA.

Amis, pas de violences!

MARCIA, *tombant à genoux.*

Mon fils! Sergius, mon fils!

CATILINA.

C'est vous! Silence, pas un mot.

MARCIA.

Vous le voyez, à mon tour je ne menace pas, je supplie.

CATILINA.

Un homme se présentera ce soir chez vous de ma part, celui que vous voyez là à ma droite; il dira ce seul mot : *Charinus*; vous le suivrez, il vous conduira près de votre enfant.

MARCIA.

Vous le jurez?

CATILINA.

Par les dieux!

MARCIA.

Merci. (*Elle s'éloigne.*)

ORESTILLA, *à Nubia qui la rejoint.*

C'est la mère, n'est-ce pas?

NUBIA.

Oui

CATILINA, *élevant la voix.*

Pauvre femme! Son père était un soldat de Sylla, on on lui a tué son père; son enfant était sa seule consolation, et on lui a enlevé son enfant. Nous ne pouvons lui rendre son père; mais par les dieux, nous lui rendrons son enfant! Mes amis, votez pour moi, et que je sois consul, vous verrez, vous verrez; nous réparerons bien des injustices. (*Il s'éloigne vers le fond. Le peuple crie vive Catilina! en le reconduisant.*)

ORESTILLA.

V chez Ephialtes; il faut que dans une heure il m'ait fait un anneau pareil à celui-ci, un anneau auquel on puisse se tromper pour la ressemblance. Va; tu me retrouveras aux environs.

NUBIA.

Attendrai-je l'anneau?

ORESTILLA.

Oui. (*Suivant des yeux Storax.* Maintenant assurons-nous que le nomenclateur est bien celui que je crois.

CÉTHÉGUS.

Bon, voici Catilina qui fait sa besogne lui-même. Je n'ai plus besoin ici, je vais à la vingtième tribu.

RULLUS.

Moi, à la trentième.

CAPITO.

Moi, je rejoins les taillandiers; il paraît qu'on va se battre. Je ne serais pas fâché de frotter un peu les bourgeois. (*César paraît.*) Ah! César!

SCÈNE XIII.

LES MÊMES, CÉSAR.

CÉSAR.

Que je ne vous retienne pas, amis.

CÉTHÉGUS.

Vous n'êtes pas venu hier soir, César.

CÉSAR.

J'ai écrit à Catilina pour m'excuser.

CAPITO.

Mais tu viens le matin?

CÉSAR.

Oh! ce matin, c'est autre chose, c'est un devoir sacré.

RULLUS.

Et vous votez avec nous, Julius?

CÉSAR.

Je vote avec ceux qui votent pour Catilina.

CAPITO.

Alors César vote pour nous. Vive Julius!

TOUS.

Vive César!

CÉTHÉGUS.

C'est sérieux ce que vous dites, n'est-ce pas?

CÉSAR.

Écoutez, je vous promets de ne voter que devant vous; mais ne me compromettez pas trop vis-à-vis du sénat. Laissez-moi donner mes ordres à mon affranchi. D'ailleurs je vote librement pour mon ami Sergius, et ne veux pas avoir l'air de céder à la contrainte.

CÉTHÉGUS.

Où vous retrouverons-nous?

CÉSAR.

Ici; je n'en bouge pas.

CAPITO.

Au revoir, alors. (*Ils sortent.*)

SCÈNE XIV.

LES MÊMES, *excepté* CAPITO, CÉTHÉGUS *et* RULLUS, *plus* L'AFFRANCHI DE CÉSAR

CÉSAR, *à son affranchi.*

Fulvie nous suit-elle toujours?

L'AFFRANCHI.

Elle est là.

CÉSAR.

Tu es sûr que c'est elle qui a changé les bulletins de Curius?

L'AFFRANCHI.

J'en suis sûr; vous m'aviez dit de ne pas la perdre de vue.

CÉSAR.

Je me doutais qu'elle était à Cicéron. Donne-moi des lettres à lire... je veux avoir l'air occupé. (*Tout en décachetant une lettre.*) C'est embarrassant, sur ma foi...Voter pour Catilina, ce sauvage qui brûlera tout... Voter pour Cicéron... cette borne qui conservera tout.

L'AFFRANCHI.

Avez-vous décidé quelque chose?

CÉSAR.

Ma foi non, rien encore...

L'AFFRANCHI.

Vos sept tribus attendent.

CÉSAR.

Et elles obéiront à mon ordre?

L'AFFRANCHI.

Elles obéiront à un signe.

CÉSAR.

Va les rejoindre... je t'enverrai mes tablettes... celles-ci... Tu les reconnaîtras?

L'AFFRANCHI.

Parfaitement.

CÉSAR.

S'il y a deux noms écrits dessus, fais voter pour ces deux noms... S'il y a un seul nom, fais voter pour un seul.

L'AFFRANCHI.

Bien.

CÉSAR.

Attends !... Enfin, si tu recevais mes tablettes sans aucun nom...

L'AFFRANCHI.

Alors?

CÉSAR.

Fais jeter dans les urnes soixante-quinze mille bulletins blancs. Va.. (*L'Affranchi s'éloigne.*) C'est cela; Fulvie n'attendait que son départ.

SCÈNE XV.
CÉSAR, FULVIE.

FULVIE.

Bonjour, César.

CÉSAR.

Ah ! vous venez aux comices... C'est d'une bonne citoyenne.

FULVIE.

Je vous cherchais.

CÉSAR.

Vous me cherchiez ?

FULVIE.

Oui... Pour qui votez-vous?

CÉSAR.

Vous me demandez cela comme si c'était chose facile à répondre...

FULVIE.

Vous n'avez donc pas encore pris de décision?

CÉSAR.

Je l'avoue.

FULVIE.

Voici une lettre qui vous tirera d'embarras.

CÉSAR.

Une lettre... de qui?

FULVIE.

Voyez.

CÉSAR.

De Servilie ?

FULVIE.

Je crois que oui.

CÉSAR.

Et de qui tenez-vous cette lettre?

FULVIE.

De Cicéron.

CÉSAR.

Qui la tenait

FULVIE.

De Caton.

CÉSAR.

De Caton !... (*Il lit.*) « Dans ma famille, on aime la vertu... Si
» vous laissez Catilina devenir consul, ne vous présentez plus
» chez moi... Si vous faites nommer Cicéron, venez ce soir, que
» je vous remercie.
» SERVILIE. »

Oh ! rigide Caton... voilà donc pourquoi tu m'as fait sortir cette nuit par la fenêtre de ta sœur, tandis que tu entrais, toi, par la porte ! C'en est fait, le sort en est jeté, je me décide pour la vertu... Oui, mais le vice m'égorgera... et, si le vice m'égorge, je ne souperai pas ce soir chez la vertu.

FULVIE.

Eh bien ?

CÉSAR, *à lui-même.*

Mais voyons... peut-être y a-t-il moyen de tout concilier.

FULVIE.

Dépêchez-vous, César... Voilà les amis de Catilina, et Curius avec eux.

CÉSAR.

Ma chère Fulvie, il est impossible que vous veuillez mon malheur... et mon malheur est immense si je ne revois pas Servilie.

FULVIE.

Rassurez-vous, César; je ne veux pas votre malheur.

CÉSAR.

Vous ne voulez pas ma mort non plus, n'est-ce pas, Fulvie ?... et ma mort est sûre si je ne vote pas pour Catilina.

FULVIE.

Je ne veux pas votre mort.

CÉSAR.

Alors, ne perdez pas une parole de tout ce qui va se dire... Comprenez à demi-mot, et tirez-moi d'embarras. Les tablettes sont remises à Curius.

FULVIE.

Si les tablettes sont remises à Curius, je réponds de tout.

SCÈNE XVI.
LES MÊMES, CAPITO, CETHEGUS, CURIUS.

CURIUS.

Vous, Fulvie ?

FULVIE.

Oui, moi, qui vous cherchais, et qui, tout en vous cherchant, décidais César à voter pour Catilina.

CÉSAR.

Et avouez que vous n'avez pas eu grande peine à me décider, belle Fulvie. Eh bien ! amis, où en sommes-nous des élections?

CÉTHÉGUS.

Elles vont à merveille ; tout le monde a voté, excepté vos soixante-quinze mille clients, qui attendent vos ordres.

CÉSAR.

Et a-t-on relevé les votes?

CAPITO.

Oui.

CÉSAR.

Comment se sont-ils répartis?

CAPITO.

Cicéron a trois cent vingt mille voix, Catilina trois cent dix mille, Antoine cinq cent soixante-dix mille.

CÉSAR.

De sorte que, jusqu'à présent, c'est Antoine et Cicéron qui seront consuls?

CURIUS.

Oui, sans doute... mais vos soixante-quinze mille voix vont donner une majorité énorme à Catilina.

FULVIE.

Faites attention, César, que si vos gens ne votaient pas...

CÉSAR.

Par Castor ! je comprends bien... si mes gens ne votaient pas, la majorité resterait à Cicéron.

CÉTHÉGUS.

Allons, César, décidez-vous.

CÉSAR.

Mais je suis tout décidé... et comme j'agis franchement avec vous, je veux vous mettre au courant des ordres que j'ai donnés à mon affranchi. Voici mes tablettes; si j'écris deux noms sur mes tablettes, mes soixante-quinze mille clients votent pour ces deux noms; si j'écris un seul nom, ils votent pour ce nom seul ; si je n'écris rien du tout, ils votent en blanc. Quels sont les noms que vous voulez que j'écrive?

TOUS, *à César.*

Catilina et Antoine.

CÉSAR, *écrivant.*

Catilina et Antoine... voici. Est-ce bien cela?

CÉTHÉGUS.

Bravo ! César, bravo !

CÉSAR.

Pour que vous ne doutiez pas de moi, amis, Curius, voici mes tablettes ; vous les porterez à mon affranchi ; vous les lui remettrez à lui-même. Il saura ce qu'il a à faire. Tenez, Curius.

TOUS.

Merci, César.

CÉSAR.

Vous êtes tous témoins que j'ai tenu ma promesse.

CURIUS.

Oui, César, et bravement.

CÉSAR.

Fulvie, vous rendrez témoignage.

FULVIE.

Je vous le promets. (*A Capito et à Céthégus.*) Suivez-le, afin qu'il ne donne pas contre-ordre.

CÉTHÉGUS.

Vous avez raison.

CÉSAR.

Au revoir, amis; mes compliments à Catilina.

CAPITO.

Nous vous reconduisons, César.

CÉSAR.

C'est trop d'honneur que vous me faites. (*Ils sortent.*)

SCÈNE XVII.

CURIUS, FULVIE.

CURIUS.

Eh bien! Fulvie, nous tenons l'Espagne.

FULVIE.

Oui, si César a bien réellement écrit les noms de Catilina et d'Antoine.

CURIUS, *lui donnant les tablettes.*

Regardez plutôt.

FULVIE.

Voyons... (*Elle ouvre les tablettes.*) Ma foi, oui. (*Laissant tomber le poinçon.*) Ah! ramassez-moi donc ce poinçon, Curius. (*Pendant que Curius se baisse, elle efface avec son pouce les deux noms écrits sur la cire.*) Merci. (*Elle ferme les tablettes et les remet à Curius.*) Allez... il n'y a pas un instant à perdre.

CURIUS.

Où vous reverrai-je?

FULVIE.

Ce soir, chez vous.

CURIUS.

O Fulvie! vous faites de moi un dieu. (*Il lui baise la main et sort en courant.*)

SCÈNE XVIII.

FULVIE, L'AFFRANCHI DE CICÉRON.

FULVIE.

Psit! psit!

L'AFFRANCHI.

Que dois-je dire à Cicéron?

FULVIE.

Que les soixante-quinze mille clients de César voteront en blanc, et que les consuls de l'an 691 de la république romaine sont Marcus Tullius Cicéron et Caïus Antonius Nepos. (*Elle sort d'un côté, l'Affranchi de l'autre.*)

SCÈNE XIX.

CATILINA, STORAX.

CATILINA.

Fulvie avec l'affranchi de Cicéron, que veut dire cela? Après tout, qu'importe à cette heure? le coup est joué, et ce qui doit être, est déjà. Viens Storax.

STORAX.

Me voici, maître.

CATILINA.

Tu vois bien cette petite maison?

STORAX.

La maison de la Vestale.

CATILINA.

Quand la nuit sera venue, tu frapperas à la porte.

STORAX.

Oui.

CATILINA.

Une femme viendra ouvrir

STORAX.

Bien.

CATILINA.

Tu prononceras ce seul mot : CHARINUS.

STORAX.

Après?

CATILINA.

Tu marcheras devant elle et elle te suivra.

STORAX.

Où me suivra-t-elle?

CATILINA.

A ma maison du Val d'Egérie.

STORAX.

Est-ce tout?

CATILINA.

Absolument. J'y serai.

STORAX.

La chose est faite.

CATILINA.

Silence! Voilà Céthégus et Capito.

SCÈNE XX.

LES MÊMES, CÉTHÉGUS, CAPITO, *puis successivement tous les autres*

CAPITO.

Victoire! Sergius, victoire!

CATILINA.

Comment victoire?

CAPITO.

César a voté devant nous.

CATILINA.

Pour moi?

CAPITO.

Pour toi et pour Antoine.

CATILINA.

Vous avez vu les deux noms?

CÉTHÉGUS.

Vus sur les tablettes qu'il a envoyées à son affranchi.

CATILINA.

Par qui les a-t-il envoyées?

CURIUS, *entrant.*

Par moi, qui les lui ai remises.

CATILINA.

A l'affranchi?

CURIUS.

A lui-même.

CATILINA.

Et qu'a-t-il dit?

CURIUS.

Il s'est incliné, disant : il sera fait selon la volonté du noble Julius César.

CATILINA.

Et ces tablettes ne vous ont pas quitté, Curius, du moment où César y a inscrit les deux noms?

CURIUS.

Pas un instant.

CATILINA.

Personne n'y a touché?

CURIUS.

Personne.

CATILINA

Pas même Fulvie?

CURIUS.

Si fait, Fulvie s'est assurée que les deux noms étaient inscrits.

CATILINA.

O malheur!... malheur!...

TOUS.

Quoi?... quoi donc?... qu'a-t-il?...

CATILINA.

Quand je suis revenu ici, là tout à l'heure, Fulvie causait avec l'affranchi de Cicéron... Merci, Curius, si je suis perdu ce sera par toi.

SCÈNE XXI.

LES MÊMES, VOLENS, GORGO, CICADA.

TOUS.

Victoire!... victoire!...

GORGO.

Eh bien! ce brave César, il a donc voté pour nous?

CICADA.

Il me l'avait promis.

TOUS.

Vive Catilina consul!

CATILINA.

Un peu de patience. (*La cloche sonne Le peuple remonte.*)

CÉTHÉGUS.

Voici la cloche qui sonne, on va proclamer les noms.

VOLENS.

Le conseil a-t-il une bonne voix, au moins, pour bien crier Lucius Sergius Catilina?

CATILINA.

Patience! patience! (*On entend la cloche.*)

CICADA.

Tiens! c'est drôle; cela me fait de l'effet comme si cela me regardait, moi.

GORGO.

Et à moi aussi.

VOLENS.

Et à moi aussi.

CÉTHÉGUS.

En vérité, le cœur me bat.

CATILINA.

Il ne me bat plus.

STORAX.

Orestilla!

CATILINA.

Où cela?

STORAX.

A son poste, près du tombeau.

CATILINA.

Mauvais augure.

CICADA.

Silence! (*Trompettes, rumeurs, puis silence.*)

ORESTILLA, *à Nubia.*

As-tu les deux anneaux?

NUBIA.

Les voici.

ORESTILLA, *les regardant.*

Bien; c'est à s'y tromper.

CURIUS.

Voici qu'on nomme. (*Nouvelles fanfares. Proclamation.*)

UNE VOIX.

Les deux consuls élus par le peuple, pour l'an de Rome 691, sont : Caïus Antonius Népos.

CÉTHÉGUS.

Celui-là, c'était sûr.

LA VOIX.

Et Marcus Tullus Cicéron.

CATILINA.

Que t'avais-je dit, Curius? (*Trompettes, cris, huées, applaudissements, sifflets.*)

CÉTHÉGUS.

Oh! vengeance! vengeance!

LE PEUPLE.

Vengeance!!

RULLUS, *accourant.*

Nous sommes trahis! Les électeurs de César ont voté en blanc. 75,000 bulletins ont été perdus.

CAPITO.

Impossible! J'ai vu les deux noms sur les tablettes.

CÉTHÉGUS.

Et moi aussi.

CURIUS.

Et moi aussi.

CATILINA.

Et Fulvie aussi.

CURIUS.

Que veux-tu dire?

CATILINA.

Que Fulvie a eu les tablettes entre les mains assez longtemps pour en effacer les deux noms, et que tu as porté à l'affranchi des tablettes blanches. Quand nous conspirerons, et que vos maîtresses seront du complot, avertissez-moi, seigneurs. (*Il remonte.*)

LENTULUS, *entrant.*

Où va donc Fulvie, Curius? Je viens de la rencontrer fuyant au grand galop d'un cheval. Mes compliments à Catilina, a-t-elle crié en riant, et elle a disparu.

CURIUS.

Par quelle route?

LENTULUS.

Par la route de Tibur.

CURIUS, *s'élançant hors du théâtre.*

Oh! un cheval! un cheval!

LENTULUS.

Pauvre fou.

ORESTILLA.

Cours à la maison, Nubia, et envoie-moi mes quatre gladiateurs. Ils se cacheront dans les roseaux au bords du Tibre, et y attendront mes ordres.

J'y vais.

CÉTHÉGUS.

Oh! cela ne se passera pas ainsi... Il y a eu trahison... Annulons les votes, ou bien aux armes!

TOUS.

Oui, aux armes! Tes ordres, Catilina!

CATILINA.

Moi je n'ai plus d'ordres à donner. Je ne suis plus rien.

CAPITO.

C'est ce que nous allons voir. (*Ils se forment en groupe; dans le fond il agite le peuple.*)

ORESTILLA, *s'avançant.*

Salut, Sergius.

CATILINA.

Vous étiez là, Orestilla? Vous avez entendu la proclamation? Cicéron triomphe. Je suis un homme ruiné.

ORESTILLA.

Le croyez-vous réellement?

CATILINA.

Je serais un insensé si je me faisais illusion.

ORESTILLA.

Donc vous n'avez plus aucun espoir?

CATILINA.

Aucun, Orestilla. Je vous avais dit : Tant que je monterai, suivez-moi; si je tombe, abandonnez-moi. Je suis tombé, Orestilla; vous êtes libre.

ORESTILLA.

Je devais partager votre bonne fortune; je suis prêt à partager la mauvaise, Sergius.

CATILINA.

Ma dernière consolation, Orestilla, est d'avoir le droit d'être malheureux tout seul.

ORESTILLA.

Ainsi, vous me rendez ma parole?

CATILINA.

Je vous prie de la reprendre.

ORESTILLA.

Ce n'est pas moi qui m'éloigne de vous; c'est vous qui vous éloignez de moi.

CATILINA.

Voici le cachet d'Orestillus, votre premier époux, l'anneau auquel obéissent vos esclaves et vos intendants.

ORESTILLA.

Voici le cachet des Sergius, le gage de vos volontés. Vous pouvez encore garder cet anneau, et moi celui-ci.

CATILINA.

Voilà votre anneau, Orestilla; rendez-moi le mien.

ORESTILLA.

Le voici.

CATILINA.

Merci.

ORESTILLA.

Adieu, Sergius!... Le mal qui t'arrivera tu l'auras voulu! (*Elle sort.*)

CATILINA.

Adieu!

SCÈNE XXII.

LES MÊMES, *moins* ORESTILLA.

CÉTHÉGUS.

Avons-nous bien entendu, bien compris? et abandonneriez-vous la partie, par Hercule!

CATILINA.

Êtes-vous assez sots pour le croire, assez lâches pour le désirer?

LENTULUS.

A la bonne heure! Voilà comme j'aime que l'on me réponde.

RULLUS.

Si tu eusses reculé, je ne te reconnaissais plus.

CÉTHÉGUS.

Si tu eusses renoncé, je te tuais. (*Bravos dans la coulisse au fond.*)

VOLENS.

Les vainqueurs chantent là-bas, et disent que tout est fini. Eh bien! je dis, moi, qu'au lieu que tout soit fini, tout commence.

CATILINA.

Est-ce votre avis à tous?

TOUS.

Oui, oui, oui!

CATILINA.

Vous m'obéirez donc si je commande?

TOUS.

Jusqu'à la mort.

CATILINA.

Eh bien! écoutez... J'ai dans ma maison du Val d'Égérie une centaine d'amphores d'un vieux vin qui remonte au consulat d'Opimius; ce sont les dernières. Nous les boirons jusqu'à la lie cette nuit, pour fléchir les dieux qui nous ont abandonnés... Venez, et amenez tous vos amis.

CAPITO.

Où je n'ai pas soif de vin, j'ai soif de sang.

CATILINA.

Venez, vous dis-je, il y aura à boire pour tout le monde.

VOLENS.

En sommes-nous, nous autres plébéiens?

CATILINA.

Oui; vous surtout vous en êtes... Toi, Volens; toi, Gorgo; venez; c'est demain le premier jour des saturnales; demain, à Rome, les esclaves sont maîtres, et les maîtres sont esclaves. Venez, venez.

CICADA.

Et moi aussi?

CATILINA.

Toi comme les autres; n'es-tu pas citoyen romain? Allez chercher vos amis, Volens. Allez chercher les vôtres, Gorgo. Amène les tiens, Cicada. Et vous, faites-moi bonne compagnie jusqu'à ma maison du Palatin; les rues ne sont pas sûres pour moi ce soir.

CAPITO.

Mais pour te rendre au val d'Égérie?

CATILINA.

J'ai mes gladiateurs.

TOUS.

Vive Catilina!

CATILINA.

Vous avez trop crié aujourd'hui et pas assez agi. Désormais criez moins, et agissez plus. Venez, amis. A cette nuit, vous autres. (*Ils sortent.*)

VOLENS.

Oui, à cette nuit; soyez tranquille, nous ne manquerons pas au rendez-vous.

GORGO.

Qui amenez-vous, Volens?

VOLENS.

J'ai bien deux ou trois cents vétérans de Marius et de Sylla que la misère a réunis et qui ne demandent pas mieux que de jouer de l'épée. Je vais les prévenir. (*Il sort.*)

GORGO.

Moi j'amène une centaine de gladiateurs sans emploi qui se cachent dans les carrières le jour et qui travaillent la nuit. Je sais où les trouver.

CICADA.

Et moi j'amène... la fortune si je la rencontre. (*Ils sortent.*)

SCÈNE XXII.

ORESTILLA, *sur le devant du tombeau*, QUATRE GLADIATEURS, *cachés.*

ORESTILLA.

J'ai cru qu'ils ne s'en iraient pas. Êtes-vous au poste que je vous ai indiqué?

QUATRE VOIX *répondent successivement.*

Oui, oui, oui, oui.

ORESTILLA.

Silence! On vient; c'est lui.

SCÈNE XXIII.

LES MÊMES, STORAX.

STORAX, *tremblant, chantant, hésitant à chaque pas et regardant tout autour de lui.*

Jupiter sur la dune,
Un soir,
Flânait au clair de lune
Pour voir
Si son auguste épouse,
Junon,
D'Europe était jalouse
Ou non.

Décidément, je crois que je suis seul. (*Il s'approche de la maison.*)

Affectant les airs mornes
D'un veuf,
Il rencontre un gladiateur. Il essaie de sortir de l'autre côté.
Il avait les cornes
D'un bœuf,
Il rencontre le second gladiateur. Il s'avance sur le devant du théâtre, à gauche.
Soudain, que nul n'en rie,
Voilà
Il rencontre un troisième gladiateur. Il essaie de sortir du côté opposé.
Une voix qui lui crie:
Holà!
Il rencontre le quatrième gladiateur. Il se trouve pris entre les quatre.

ORESTILLA, *paraissant.*

Bonsoir, Storax.

STORAX.

Je suis mort!

ORESTILLA.

Mais je crois que oui.

STORAX.

Maîtresse!

ORESTILLA.

A moins que tu ne répondes franchement.

STORAX, *joignant les mains.*

Ah!

ORESTILLA.

Pas de gestes, pas de prières, pas de cris... tout serait inutile. Réponds.

STORAX.

Interroge, bonne maîtresse.

ORESTILLA.

Où vas-tu?

STORAX.

A cette maison.

ORESTILLA.

Que vas-tu y faire?

STORAX.

Y chercher quelqu'un.

ORESTILLA.

Qui cela?

STORAX.

Une femme.

ORESTILLA.

De la part de qui?

STORAX.

De la part de Sergius Catilina.

ORESTILLA.

Où dois-tu conduire cette femme?

STORAX.

Au Val d'Égérie.

ORESTILLA.

Et quel est le mot d'ordre auquel elle doit reconnaître que tu viens de la part de Catilina?

STORAX.

Charinus.

ORESTILLA.

C'est bien, tu es un serviteur fidèle. Fais ta commission, mon bon Storax.

STORAX.

Comment ?

ORESTILLA.

Oui. (*Lui donnant une bourse.*) Et voilà pour t'encourager à l'accomplir de point en point.

STORAX.

Qu'est cela ?

ORESTILLA.

Une bourse.

STORAX.

De l'argent?

ORESTILLA.

De l'or !

STORAX.

Ainsi...

ORESTILLA.

Tu peux frapper à cette porte, emmener cette femme et la conduire au Val d'Égérie... seulement, comme tu pourrais ne pas faire la commission de point en point, mes quatre gladiateurs te suivront... et écoute bien ce que je vais te dire, Storax.

STORAX.

J'écoute.

ORESTILLA.

Si tu essaies de dire un mot à celle que tu conduis, voici mon porte-glaive qui te fendra la tête d'un coup d'épée... si tu essaies de fuir, voici mon retiaire qui te jetera le filet... si tu échappes au filet, voici mon frondeur qui te cassera la tête d'un coup de pierre... enfin si mon frondeur te manque, voici mon archer qui te passera une flèche au travers du corps. Tu vois bien que tu n'as pas grande chance à tenter de t'échapper, et qu'il vaut mieux gagner honnêtement l'argent que je te donne.

STORAX.

Mais, parvenu à la porte ?

ORESTILLA.

Tu entreras.

STORAX.

Vos gladiateurs?

ORESTILLA.

Ils reviendront.

STORAX.

Et ce sera tout ?

ORESTILLA.

Tu es bien curieux ! Frappe à cette porte.

STORAX.

Hum !... Je dois donc...

ORESTILLA.

Frapper à cette porte. Oui.

STORAX, *frappant.*

Holà !

ORESTILLA.

Tu te souviens de tout ce que je t'ai dit?

STORAX.

Il n'y a pas de danger que j'en oublie un mot : le porte-glaive, le retiaire, le frondeur et l'archer...

ORESTILLA.

C'est cela.

MARCIA, *dans la maison.*

Qui frappe ?

STORAX.

De la part de Sergius Catilina. Ouvrez.

MARCIA, *ouvrant.*

Le mot d'ordre ?

STORAX.

Charinus.

MARCIA.

Marchez devant, je vous suis.

ORESTILLA, *aux gladiateurs.*

Allez. (*Storax s'avance le premier ; Marcia ensuite ; les quatre gladiateurs ferment la marche ; Orestilla reste immobile contre la muraille. La toile tombe.*)

ACTE V.

Même décoration qu'au deuxième acte.

SCÈNE I.

CATILINA, CHARINUS. *Des gladiateurs se promènent au fond.*

CATILINA *sur un fauteuil, Charinus debout.*

D'abord, Charinus, mon enfant, mon fils bien-aimé... laisse-moi te regarder (*il l'éloigne comme pour l'admirer*), t'embrasser, te serrer contre mon cœur.

CHARINUS.

Seigneur !

CATILINA.

M'as-tu dit seigneur quand tu m'as sauvé la vie?... Non... tu m'as dit : Venez, mon père.

CHARINUS.

Mon père !

CATILINA.

Tu me pardonnes, n'est-ce pas ?

CHARINUS.

Quoi donc?

CATILINA.

De t'avoir pris dans mes bras, de t'avoir emporté... Il me semblait que je volais l'Asie à Mithridate, le ciel à Jupiter.

CHARINUS.

Ai-je résisté, ai-je appelé, ai-je même dit : Laissez-moi?... Non, j'ai jeté les bras autour de votre cou... j'ai fermé les yeux, et je me suis laissé emporter.

CATILINA.

Dieux bons... comme l'homme passe éternellement près de son bonheur! Il y a seize ans que tu existes, et je t'ai vu hier pour la première fois.

CHARINUS.

Il y a seize ans que je vis, et j'ignorais que vous existiez.

CATILINA.

Eh bien, voyons... dis-moi, cher enfant, ma vue a-t-elle répondu au besoin de ton cœur?

CHARINUS.

Que vous dirai-je? Jusqu'à hier je n'avais connu que ma mère... je n'avais aimé que ma mère... je savais que Clinias m'avait servi de protecteur, je l'appelais mon père, n'ayant personne à appeler de ce nom. Mais ce que j'éprouvais pour lui, c'était de la reconnaissance et non de l'amour filial... J'ai l'air de répéter vos propres paroles, car de ce souterrain j'entendais tout ce que vous disiez. Eh bien, en vous apercevant, j'ai tressailli : quand le seigneur Caton vous a adressé ce défi, je l'ai pris en haine de ce qu'il vous proposait une chose qui me semblait impossible. Quand je vous ai vu approcher du cippe... briser la chaîne de fer avec la même facilité qu'un autre eût fait d'une guirlande de fleurs... j'ai adressé tout bas une prière à Castor, le divin discobole, et quand vous avez, semblable à Ajax Télamon, lancé cette masse, qu'un héros d'Homère pouvait seule soulever, au milieu du frissonnement de joie qui m'inspirait votre triomphe... j'ai ressenti là une vive douleur, comme si quelque chose se brisait dans ma poitrine... Aussi, quand je vous ai vu pâlir, quand j'ai vu comme une frange de sang rougir vos lèvres, j'ai été près de crier, d'appeler au secours ; il me semblait que votre vie défaillante emmenait la mienne... Vous me demandez de vous appeler mon père. Oh ! oui, oui, mon père, tant que vous voudrez, car à coup sûr je suis plus heureux de dire mon père, que vous n'êtes heureux de l'entendre... Mais qu'avez-vous?

CATILINA.

Rien, rien, ou plutôt tout... oui, tout... Enfant, sais-tu que je pleure, moi l'homme aux yeux arides, aux paupières desséchées? sais-tu que les deux larmes qui coulent le long de mes joues, et que tu me donnes pour rien, toi, sais-tu que ce sont deux diamants pour lesquels j'eusse donné le monde?... Oh ! regarde ces deux larmes. Cicéron... Cicéron, vois pleurer Catilina, et dis encore que je suis le désordre, que je suis le mal, que je suis le néant. As-tu entendu tout ce que m'a dit cet homme, Charinus ?

CHARINUS.

Mais pourquoi Cicéron voulait-il donc vous tuer, mon père?... J'ai toujours entendu parler de Cicéron comme d'un homme juste.

CATILINA.

Ah ! ne me force pas à te dire des choses que tu ne pourrais pas comprendre à ton âge, la vie est une oasis pleine d'ombre

et de traîcheur, où les passions n ont pas encore laissé leur trace
brûlante. Comment veux-tu que je te parle de choses que tu
ne connais pas, que j'explique l'incendie à celui-là qui sait à
peine ce que c'est qu'une étincelle... que je découvre l'océan ora-
geux à l enfant qui s'est contenté d'effeuiller des roses dans le bassin de marbre d'un jardin?... Non, mon bien-aimé Charinus, laisse-
moi te dire-seulement : (*il se lève et relève doucement Charinus*)
Je tente une œuvre immense, j'essaye à soulever un monde...
peut-être ce monde en retombant sur moi, m'écrasera-t-il... non
point parce que j'aurai entrepris une œuvre impie et impossible,
mais parce que le temps de l'accomplir ne sera point venu... En
attendant, comme c'est le succès qui fait le nom... si je suc-
combe, mon nom sera flétri, déshonoré... Eh bien, mon enfant, garde dans ton cœur la religion du nom paternel, aime-moi
quand on me maudira; souviens-toi qu'en échouant je n'aurai
qu'un regret, celui de ne pas te léguer la royauté du monde ;
qu'en mourant je n'aurai qu'une douleur... celle de t'avoir re-
trouvé si tard et de te perdre sitôt.

CHARINUS.

Mais alors mon père, pourquoi ne faisons-nous pas ce que
vous disiez à ma mère?... pourquoi ne quittons-nous pas Rome?
Pourquoi ne nous éloignons-nous pas du monde... Vivons l'un
près de 'autre, un pour l'autre.

CATILINA.

Hélas! hélas! mon enfant, il est trop tard. Si je t'eusse connu
il y un an, il y six mois, il était temps encore; si ta douce
voix m eût dit avant-hier ce que tu me dis aujourd'hui, je pouvais m'arrêter, peut-être; mais aujourd'hui, les dieux ont décidé;
n'allons pas contre la volonté des dieux... Voyons, Charinus,
maintenant, que veux-tu? que desires-tu? que demandes-tu?

CHARINUS.

Quand reverrai-je ma mère?

CATILINA.

Enfant! j'ai donc deviné ce que tu désirais... j'ai donc été au-
devant de ton vœu... Tu viens d'entendre refermer la porte...
ce doit être ta mère.

CHARINUS.

Ma mère ici?...

CATILINA.

Je viens de l'envoyer chercher.

CHARINUS.

O mon père! je vois bien que vous m'aimez véritablement.

SCÈNE II.

LES MÊMES, MARCIA, STORAX.

MARCIA.

La voix de mon Charinus, de mon enfant... il est ici! le voilà!
(*Marcia le presse contre son cœur. Puis tendant la main à Catilina.*) Catilina, merci!

CHARINUS.

Ma mère!...

CATILINA.

Sauvés tous deux!

STORAX.

Tous trois même.

CATILINA.

Oui, tous trois, bon Storax... Mais comme le voilà blême!...
grands dieux!...

STORAX.

Vous trouvez?

CATILINA.

Est-ce que tu aurais eu peur, par hasard, Storax?

STORAX.

Peur de quoi?

CATILINA.

Eh bien! mais de cette foule de choses dont Storax peut avoir
peur.

STORAX.

Oh! mon Dieu, non, au contraire... Je n'ai de ma vie été si
rassuré.

CATILINA.

Tu n'as vu personne?

STORAX.

Pas une ombre.

CATILINA.

Et personne ne t'a vu?

STORAX.

Personne.

CATILINA.

Cependant, Orestilla...

STORAX.

Elle dort probablement.

CATILINA.

Et pourquoi penses-tu qu'elle dorme?

STORAX.

Par Castor! elle doit être fatiguée; toute la journée elle s'est
promenée au Champ de Mars.

CATILINA, *allant à Marcia.*

Marcia, avez-vous été contente de cet homme?

MARCIA.

Oui, c'est un guide fidèle, vous le voyez; un peu taciturne.

CATILINA.

Il avait raison de garder le silence ; la moindre parole pouvait vous trahir.

MARCIA.

Vous avez eu pitié des angoisses d'une mère, Sergius; les
dieux vous récompenseront. (*Charinus se lève et prend la main
de son père.*)

CATILINA.

Charinus vous a-t-il dit qu'il m'aimait?

MARCIA.

Oui.

CATILINA, *passant au milieu.*

Eh bien! les dieux sont quittes envers moi. Maintenant, écoutez, Marcia. Vous voilà réunie à votre fils, rien ne pourra plus
vous en séparer tant que vous ne songerez point à vous séparer de
moi. Tant que nous resterons ici, et nous n'y resterons pas longtemps, vous habiterez là-bas, dans la maison des bains. C'est
une retraite impénétrable, où quarante gladiateurs vous garde-
ront. Ils sont à moi, j'ai acheté leur vie; ils se feront tuer pour
défendre Charinus.

MARCIA.

Mais vous m'épouvantez avec cet appareil de précautions. Charinus court donc de bien terribles dangers?

CATILINA, *descendant la scène avec Marcia.*

Marcia. défiez-vous de votre ombre. Que Charinus ne prenne
rien que de votre main ou de la mienne... Appelez au moindre
bruit... Veillez tandis qu'il dormira, et quand vous serez lasse
de veiller, appelez-moi... Mais à personne, entendez-vous, pas
même à Clinias, ne confiez Charinus un seul instant.

MARCIA.

Oh! soyez tranquille.

CATILINA.

Et cependant il faut tout prévoir, Marcia : il est possible qu'ici,
cette nuit, il se passe des choses terribles. Il est possible que je
sois forcé de faire partir Charinus au galop de mon plus rapide
cheval... Il est possible enfin que je ne puisse l'aller chercher
moi-même, et que je sois obligé de le faire prendre par quelqu'un... Marcia, regardez bien cet anneau.

MARCIA.

Le vaisseau de Sergeste, votre ancêtre.

CATILINA.

Vous le reconnaîtrez bien, n'est-ce pas?

MARCIA.

Oh! oui

CATILINA.

Eh bien! ne le confiez qu'à celui qui vous remettra cet anneau.

MARCIA.

Alors doublez, triplez les précautions... Joignez-y un mot
d'ordre que me dira l'homme en me remettant cet anneau.

CATILINA.

Il vous dira : De la part de Sergeste, ami d'Enée.

MARCIA.

Bien.

CATILINA.

Oh! c'est à cette heure seulement que je pourrai vous dire :
Marcia... les dieux soient loués, nous avons sauvé Charinus.

STORAX.

Maître, tandis que vous êtes en train de sauver tout le monde,
est-ce que vous ne me sauverez pas un peu aussi, moi?

CATILINA.

C'est vrai, pauvre Storax, je t'avais oublié... Tiens, l'or est la
meilleure sauve garde que je connaisse. Prends cette bourse...
elle est à toi.

STORAX.

Merci, noble Sergius, merci.

MARCIA.

Cet homme a tout entendu, Catilina.

CATILINA.

Oui, mais sans mon anneau, cet homme ne peut rien.

MARCIA.

C'est vrai... (*On entend du bruit.*) Quel est ce bruit?

CATILINA.

Ce sont les gens que j'attends, qui frappent à la porte... Il ne faut pas que ces gens vous voient... Venez, Marcia.

MARCIA.

Mais pourquoi ne les recevez-vous pas ailleurs et ne restons-nous pas ici?

CATILINA.

Dans la salle des festins, ouverte de tous les côtés? Non, non. La maison des bains est seule une retraite sûre.

MARCIA.

Vous nous accompagnez?

CATILINA.

Je referme moi-même la porte sur vous. Vous avez les clefs de cette porte; qu'elle ne s'ouvre qu'au mot d'ordre. Que Charinus ne vous quitte qu'en échange de l'anneau. Couvrez la tête de Charinus avec votre voile et venez, Marcia, venez.

MARCIA.

Viens, mon enfant. (*Ils sortent.*)

SCÈNE III.

STORAX, *seul.*

Dieux trompeurs! qui eût dit au pauvre Storax, lorsque la douce voix d'Aurélia criait : Pendez Storax! Mettez Storax en croix! Écorchez vif Storax! Qui eût dit que c'était le commencement de sa fortune? (*Il tire de sa ceinture la bourse d'Orestilla.*) Bourse d'Orestilla. (*Il montre l'autre.*) Bourse de Sergius. Il y a bien là, dans les deux bourses, quatre talents d'or, c'est-à-dire plus que je n'ai jamais eu à la fois en ma possession. Ce que c'est que d'être honnête homme, pourtant. Je n'aurais jamais cru que ce fût d'un si bon rapport. Décidément, l'honnêteté est la route de la fortune; d'abord, il y a moins de concurrence que sur l'autre. Continuons donc à être honnête. Après les services rendus à Sergius et à Orestilla, ils ne peuvent manquer, pour récompense, de m'accorder ma liberté. Puisque ma liberté ne peut pas me manquer, je puis alors me considérer comme libre. Comme cela tombe! juste au moment des saturnales; juste au moment où les esclaves courent les champs, sans que les maîtres aient la moindre chose à leur dire. Comme tu vas courir les champs, mon petit Storax! Comme tu ne t'arrêteras, une fois sorti de Rome, que quand tu te sentiras bien loin de ton bon maître Sergius, de ta bonne maîtresse Aurélia et du vertueux Caton.

UNE VOIX.

Le voici.

STORAX, *bondissant.*

Hein? j'ai entendu une voix. (*Il regarde tout autour de lui.*) Je me trompais, . personne! Ma foi, à présent, l'avenir m'apparaît rose comme l'aurore des poëtes. Bonne Orestilla... petite maîtresse... je dis bonjour à ton porte-épée... je dis bonsoir à ton frondeur... je dis bon voyage à ton sagittaire, et j'envoie mille baisers à ton aimable filet.

VOIX.

Si tu dis un mot, tu es mort. (*Au même moment deux hommes bâillonnent et enlèvent rapidement Storax, et il disparaît.*)

SCÈNE IV.

CATILINA, VOLENS, *paraissant au fond.*

CATILINA.

Tu as raison, Volens, il y a assez longtemps qu'ils attendent. Fais-les entrer; pas d'exceptions, entends-tu! ma maison, mes galeries, mes jardins, tout au peuple; puisque le peuple, dis-tu, est tout à moi... il est bon que, moi, je sois tout à lui. (*Revenant, et ouvrant la fenêtre.*) Chrysippe, ce que j'ai ordonné a-t-il été exécuté?

CHRYSIPPE.

Oui.

CATILINA.

La coupe sera prête?

CHRYSIPPE.

Oui.

CATILINA.

La femme qui doit représenter Némésis est prévenue?

CHRYSIPPE.

Oui.

CATILINA.

Bien.

SCÈNE V.

LES MÊMES, VOLENS, GORGO, CICADA, ROMAINS.

CATILINA.

Soyez les bien venus chez moi, Romains... Je vous l'ai dit : c'est aujourd'hui les saturnales, c'est-à-dire le jour où les esclaves sont maîtres, le jour où les maîtres sont esclaves. Mais il nous manque des amis, ce me semble?

VOLENS.

Il nous manque ceux qui n'avaient pas encore assez faim. Nous étions pressés, nous autres, et nous sommes venus. Mais sois tranquille, ceux que tu attends nous suivent. Je t'ai amené, pour mon compte, cent cinquante vétérans des guerres de Grèce et de Bithynie... et je t'en promets deux mille autres.

CATILINA.

Bien, Volens, bien.

GORGO.

Salut, seigneur.

CATILINA.

Salut, ami.

GORGO.

Je t'amène deux cents gladiateurs et soixante esclaves; ils savent dans quelle carrière de la Sabine, dans quelle montagne des Apennins, trouver trois mille compagnons. Quand il sera temps, ils les feront prévenir.

CATILINA.

Qu'ils les préviennent... il est temps.

CICADA.

Bonjour, ami Sergius.

CATILINA.

Bonjour, seigneur Cicada... Compagnons, entrez, entrez! Oh! la maison est à vous, bien à vous... Prenez, usez, abusez! ce n'est que le commencement, mes hôtes. Je m'exécute d'abord... Nous verrons si, plus tard, les banquiers et les bourgeois s'exécuteront d'aussi bonne grâce que moi.

TOUS.

Vive le roi Catilina!

CATILINA.

Vive le peuple romain!

TOUS.

Vive le peuple romain!

CATILINA.

Du vin et des fleurs!

CHANT DES CONJURÉS.

I

GORGO.

Allons, robuste œnophore,
Embrasse l'énorme amphore;
Dans les coupes du Bosphore,
Buvons, au nez des Catons,
Le vin de tous nos cantons.
Coulez, Cécube et Falerne!
Que l'ivresse nous gouverne!
Rome est la grande taverne!
Chantons!

II

A nous donc tout ce qui souffre!
Tout ce qui hait! Flamme et soufre!
Oh! nous allons faire un gouffre!
A nous, hideux bataillons,
Les guenilles, les haillons!
Rome flambe, elle chancelle!
Tout l'or que son flanc recèle,
Voyez-vous comme il ruisselle?
Pillons!

III

Dans cette large fournaise,
Que chacun tue à son aise!
Le sang n'éteint pas la braise!
Tibre, tu vas, j'en réponds,
Monter par-dessus tes ponts!
Vieux Romulus, sur ta tombe
Que la victime enfin tombe!
Amis, Rome est l'hécatombe
Frappons!

SCÈNE VI.

LES MÊMES, CURIUS, *entrant.*

CURIUS.

Vous riez, vous chantez ici!... là-bas, l'on se bat et l'on brûle : la maison de Lentulus, celle de Céthégus, celle de Lecca sont en flammes, et les bourreaux de la prison Mamertine sont à l'œuvre.

CATILINA.

Que dis-tu là ?

CURIUS.

Je dis que n'ayant pu rejoindre Fulvie, je suis rentré dans Rome, et de loin, j'ai vu ma maison aux mains des licteurs ; j'accours au Forum, on venait d'y arrêter Lentulus, Rullus et Céthégus. Je dis que tout est perdu là-bas, et que nous n'avons plus qu'à gagner la montagne et à nous faire bandits.

CATILINA.

Voyons, Curius, n'exagères-tu pas ?

CURIUS.

Je te dis la vérité tout entière.

CATILINA.

Lentulus!... un sénateur arrêté!...

CURIUS.

Arrêté! je l'ai vu, te dis-je.

CATILINA.

Rullus! un tribun!

CURIUS.

Bâillonné, lié comme un esclave.

CATILINA.

Céthégus, Bestia, Capito, Lecca?

CURIUS.

Capito combattait encore, disait-on... les autres étaient déjà dans la prison Mamertine.

CATILINA.

Eh bien! amis, voilà l'heure suprême venue... Je suis toujours à vous... êtes-vous toujours à moi?

TOUS.

Oui! oui!

CURIUS.

Comment, Sergius, tu en appelles à de pareils hommes. Je suis patricien, moi, je ne conspire pas avec le peuple.

TOUS.

O Curius!... Curius, prends garde!...

CATILINA.

Silence... Il n'y a plus ici ni patriciens ni peuple... il y a des hommes qui vont jurer de détruire et de brûler Rome... Je m'appelle poignard, tu t'appelles flambeau...

TOUS.

Oui... oui...

CATILINA.

La bataille est engagée.

TOUS.

Des armes! donnez-nous des armes! il est temps... (*Des esclaves apportent et jettent des amas d'armes aux pieds des conjurés qui s'en saisissent.*)

CATILINA.

Etes-vous armés, compagnons ?...

TOUS.

Oui... oui...

CATILINA, *dans la mêlée.*

Rentrons dans Rome comme Sylla y rentra il y a vingt ans, l'épée d'une main et la torche de l'autre... marchons droit au sénat, les sénateurs seront nos otages... ils nous répondront de nos amis tête pour tête...

TOUS.

Oui!... oui!...

SCÈNE VII.

LES MÊMES, CAPITO, *se précipitant en scène les habits déchirés, une hache à la main.*

CAPITO.

Nos amis... ils ont vécu...

TOUS.

Morts?...

CAPITO.

Étranglés par l'ordre de Cicéron...

CATILINA.

Oh!... à Rome!... à Rome!...

TOUS.

A Rome!...

CAPITO.

Impossible!... les portes sont fermées... quatre légions avaient été réunies dans la prévision de ce qui vient d'arriver... elles sont sous les armes...

CATILINA.

Et comment es-tu sorti alors si les portes sont fermées?

CAPITO.

J'ai sauté du haut des remparts, poursuivi par les bourgeois et les chevaliers... Ta tête est mise à prix à un million de sesterces!...

CATILINA.

Oh! j'espère bien qu'elle leur coûtera plus cher que cela!... Maintenant, amis, ce n'est plus pour la richesse que nous allons combattre... c'est pour la vie.

CAPITO.

Oui; et comme nous allons combattre pour la vie, et que la vie d'un homme vaut celle d'un autre, il faut des enjeux égaux, il faut que patriciens et peuple, qui désormais vont faire cause commune, boivent à la même coupe... il faut que cette coupe contienne une liqueur terrible... il faut que sur cette liqueur un serment infernal nous lie.

CATILINA.

Tu le veux donc, Capito?

CAPITO.

Je le veux!... As-tu fait ce que je t'ai demandé, Catilina?

CATILINA.

Oui.

CAPITO.

La coupe est-elle prête?

CATILINA.

Oui.

CAPITO.

La coupe est-elle pleine?

CATILINA.

Oui.

CAPITO.

Que la coupe vienne donc!

CATILINA.

Place alors! (*Il prend le milieu de la scène. On forme un cercle autour de lui.*) Némésis! déesse des vengeances, apporte-nous la coupe sur laquelle nous devons jurer!... (*Toutes les lumières s'éteignent. Une femme, vêtue en Némésis, vient du dessous. Elle a près d'elle un trépied où brille un feu rouge, qui seul éclaire la scène.*)

SCÈNE VIII.

LES MÊMES, NÉMÉSIS.

NÉMÉSIS.

Voici la coupe !

CATILINA, *prenant la coupe et la levant au-dessus de sa tête.*

Pluton! Vejovis! Mânes, sombres divinités qui inspirez la terreur, Lucius Sergius Catilina vous invoque. Vous le savez, dieux vengeurs! j'ai une armée de vingt mille hommes en Étrurie... j'ai dix mille conjurés à Rome... j'ai mille pâtres dans les Apennins!... Eh bien! au nom des absents comme au nom des présents, je dévoue Rome aux dieux infernaux!... Je jure qu'il lui sera fait comme elle a fait à Carthage... qu'il n'en restera pas pierre sur pierre... que la charrue passera sur les fondations du Capitole... que je sèmerai du sel dans le sillon de la charrue, et qu'il sera bâti une ville qui sera la ville de Catilina, sur un autre emplacement que celui où fut bâtie la ville de Romulus... O ville perverse ! ville vénale, qui déjà au temps de Jugurtha n'attendais qu'un acheteur pour te vendre ! Rome, sois maudite !

Rome, sois maudite !

TOUS.

A toi, Capito.

CATILINA.

CAPITO, *tenant la coupe.*

Maudit soit celui qui ne marchera pas en avant jusqu'à ce qu'il rencontre l'ennemi ; maudit soit celui qui reculera pendant la bataille ; maudit soit celui qui sortira vivant de la défaite ! Mais avant tout, maudite soit Rome. *(Il passe la coupe à Curius.)*

TOUS.

Maudite soit Rome !

CURIUS.

Rome, soit maudite ! *(Il passe la coupe à Volens.)*

TOUS.

Maudite !

VOLENS.

Maudite soit Rome !

TOUS.

Maudite soit Rome ! *(La coupe passe de mains en mains.)*

CATILINA.

Et maintenant, amis, comme on pourrait nous surprendre ici et nous y enfermer, gaguez la plaine. Capito et Curius, prenez les commandements ; Volens, mon vieux centurion, forme les phalanges, prenez la route d'Étrurie ; dans dix minutes je vous rejoins.

TOUS.

Mais, toi, toi ?

CATILINA.

Oh ! soyez tranquille, je serai là à l'heure où vous aurez besoin de moi. *(On ferme les rideaux à la sortie du peuple.)* Allez ! *(Tous sortent.)* Toi, Chrysippe, cours à la maison des bains et dis à travers la porte que je m'arme, qu'on s'apprête, qu'on m'attende, que je viens ; va ! *(Chrysippe sort.)* O nuit ! nuit sacrée ! nuit ma sœur ! nuit ma complice, mon amie ! tu es la dernière obscurité de ma vie ; demain, météore de feu, c'est moi qui ferai le jour. Allons, allons revoir Charinus. Merci, Némésis, voilà ta coupe. *(Il rend la coupe à la Némésis. La Némésis s'enfonce dans la terre, mais en s'enfonçant elle relève son voile.)*

ORESTILLA.

Malheur à toi, Sergius, je suis Némésis Orestilla. *(Elle disparaît.)*

SCÈNE IX.

CATILINA, seul.

Oh ! Orestilla ici... Orestilla dans cette maison.. Dieux immortels, qu'est-elle venue y faire ?... Ce sang... ce sang que nous avons bu... horreur... *(Tonnerre. Il passe à gauche et tombe sur le canapé.)* Qu'est-ce cela ?... des plaintes, des gémissements dans l'air ?... La terre tremble... Présages néfastes, je vous reconnais, c'est vous qui annoncez les apparitions des morts... *(Le bassin du fond se couvre de fumée. La fumée se dissipe. On voit Charinus sortir lentement de terre et monter vers le ciel. De sa main droite, il montre une blessure qui lui a ouvert la veine du col.)* Dieux bons, dieux immortels, qui donc vais-je voir apparaître ? Oh ! c'est toi, Charinus?... Charinus, mon enfant bien aimé, n'es-tu plus qu'une ombre?... Charinus, parle-moi ?... Cette blessure, qui te l'a faite ?... ce sang, qui l'a versé ?...

CHARINUS, *d'une voix lente.*

Orestila!... *(La vapeur l'enveloppe de nouveau. Il disparaît.)*

CATILINA.

Malheur ! malheur!...

SCÈNE X.

MARCIA, CATILINA.

MARCIA, *à droite.*

Que me faites-vous dire ?... de vous attendre?...

CATILINA.

Marcia, où est mon fils ?

MARCIA.

Charinus?

CATILINA.

Oui, Charinus... qu'en as-tu fait?... réponds.

MARCIA.

Mais je l'ai remis à votre envoyé qui est venu de votre part avec le mot d'ordre, avec l'anneau.

CATILINA.

L'anneau ne m'a pas quitté... l'anneau, le voilà !...

MARCIA, *lui en donnant un second.*

Et celui-ci, d'où vient-il donc ? tenez...

CATILINA.

Oh ! Orestilla en avait un second, et Storax sera retombé entre ses mains.

MARCIA.

Oh ! courons! courons!... il en est temps encore peut-être !... Sergius, viens, viens!...

CATILINA.

Inutile... Regarde!... voici le dernier présent que me font les dieux!... *(Clinias apporte le cadavre de Charinus et le dépose sur un lit de repos.)*

MARCIA.

Mon Charinus! mon enfant!...

CATILINA.

Marcia, je voudrais pouvoir mourir à l'instant même ; mais je ne m'appartiens plus, et mon sang ne doit se tarir que dans le combat... Mais jurez-moi, Marcia, partout où je tomberai, de venir relever mon corps et de mêler mes cendres à celles de mon enfant bien-aimé... afin que n'ayant pu vivre avec lui dans ce monde, je repose au moins avec lui pendant l'éternité !

MARCIA.

Je vous le jure !

CATILINA.

Oh ! Charinus ! Charinus ! nous ne serons pas longtemps sans nous revoir !

ORESTILLA, *au fond.*

J'avais droit sur tout et sur tous !...

ÉPILOGUE.
SEPTIÈME TABLEAU.
Le champ de bataille de Pistoie.

Une vallée immense jonchée de morts. —Un pont brisé au fond. Des tentes renversées. Les cadavres viennent jusque sur l'avant-scène. — Au premier plan, Cicada, Gorgo, Volens, morts ensemble.—On entend les clairons de l'armée victorieuse qui s'éloigne. — Le silence se fait sur le champ de bataille éclairé seulement par la lune. — Au fond, Marcia apparaît comme une ombre. Elle est vêtue d'une longue stole. Elle a un voile sur la tête. Elle s'avance au milieu des cadavres, en hésitant pour poser le pied.

MARCIA, *à voix basse.*

Sergius... Sergius... Sergius... *(Rien ne répond, elle s'avance.)* Sergius... *(Elle s'avance encore.)* Sergius...
CATILINA, *se soulevant au milieu d'un monceau de cadavres.*
Me voici.

MARCIA.

Je vous ai promis de venir vous chercher partout où vous tomberiez, Catilina... Je tiens mon serment.

Je vous ai promis de mourir pour ne pas survivre à Charinus ; je meurs ! *(Il tombe mort. Marcia jette sur le cadavre son voile blanc, et fait un signe comme pour appeler ses esclaves. La toile tombe.)*

FIN.

Paris. — Typ. Morris et Comp., rue Amelot, 64.

MUSÉE LITTÉRAIRE DU SIÈCLE

CHOIX DES MEILLEURS OUVRAGES MODERNES.

20 centimes la livraison composée de 24 pages.

EN VENTE, OUVRAGES COMPLETS :

ALEXANDRE DUMAS.

Les Trois Mousquetaires	1 vol.	1	50
Vingt ans après	—	2	»
Le Vicomte de Bragelonne	—	4	50
Le Comte de Monte-Cristo	—	3	60
Le Chevalier de Maison-Rouge	—	1	10
La Reine Margot	—	1	50
Ascanio	—	1	30
La Dame de Montsoreau	—	2	20
Amaury	—	»	90
Les Frères corses	—	»	50
Les Quarante-Cinq	—	2	20
Les Deux Diane	—	2	»
Le Maître d'Armes	—	»	90
Le Bâtard de Mauléon	—	1	80
La Guerre des Femmes	—	1	50
Mémoires d'un Médecin. — Joseph Balsamo	—	3	60
Georges	—	»	90
Une Fille du Régent	—	1	10
Impressions de voyage (Suisse)	—	2	»
Midi de la France	—	1	10
Une Année à Florence	—	»	90
Le Corricolo	—	1	50
La Villa Palmieri	—	»	90
Le Spéronare	—	1	30
Le Capitaine Aréna	—	1	»
Les Bords du Rhin	—	1	10
Quinze jours au Sinaï	—	»	90
Le Véloce	—	1	50
De Paris à Cadix	—	1	50
Cécile	—	»	70
Sylvandire	—	»	90
Fernande	—	»	90
Le Chevalier d'Harmental	—	1	10
Isabel de Bavière	—	»	70
Acté	—	»	70
Gaule et France	—	»	70
Le Collier de la Reine	—	2	20
La Tulipe noire	—	»	70
La Colombe. — Murat	—	»	50
Ange Pitou	—	1	80
Pascal Bruno	—	»	50

Othon l'Archer	1 vol.	»	50
Pauline	—	»	50
Souvenirs d'Antony	—	»	70
Nouvelles	—	»	50
Le Capitaine Paul	—	»	50
Gabriel Lambert	—	»	70
Olympe de Clèves	—	2	60
Catherine Blum	—	»	70
La Femme au collier de velours	—	»	70
Le Testament de M. Chauvelin	—	»	70
Conscience	—	1	30
Jehanne la Pucelle. — Praxède.			
— Pierre le Cruel	—	»	90
La comtesse de Salisbury	—	1	50
Les Mariages du père Olifus	—	»	70
Le Pasteur d'Ashbourn	—	2	20
Les Mille et Un Fantômes	—	»	70

ALBÉRIC SECOND.

La Jeunesse dorée	—	»	50

FRÉDÉRIC SOULIÉ.

Le Veau d'Or	—	2	40
Le Lion amoureux	—	»	30

LÉON GOZLAN.

Les Nuits du Père Lachaise	—	1	10
Le Médecin du Pecq	—	1	30

EUGÈNE SUE.

Les Sept Péchés capitaux	—	5	»

Chaque ouvrage se vend séparément.

L'Orgueil	—	1	50
L'Envie	—	»	90
La Colère	—	»	70
La Luxure	—	»	70
La Paresse	—	»	50
L'Avarice	—	»	50
La Gourmandise	—	»	50
Les Enfants de l'Amour	—	»	90
La Bonne Aventure	—	1	50
L'Institutrice	—	»	90

ÉMILE MARCO DE SAINT-HILAIRE

Une Veuve de la Grande Armée	—	»	9

FÉLIX DERIEGE.

Les Mystères de Rome	1 vol.	1	75

ÉLIE BERTHET.

Antonia	—	»	90

CHARLES DE BERNARD.

La Femme de 40 ans	—	»	30
Un Acte de Vertu et la Peine du Talion	—	»	50
L'Anneau d'Argent	—	»	30

LOUIS DESNOYERS.

Aventures de Robert-Robert	—	1	30

PAUL FÉVAL.

Le Fils du Diable	—	3	»
Les Amours de Paris	—	1	75
Les Mystères de Londres	—	3	»

X. B. SAINTINE.

Une Maîtresse de Louis XIII	—	1	10

ALPHONSE KARR.

Sous les Tilleuls	—	»	90
Fort en Thème	—	»	70

MÉRY.

Héva	—	»	50
La Floride	—	»	70
La Guerre du Nizam	—	1	»

EUGÈNE SCRIBE.

Carlo Broschi	—	»	50
La Maîtresse anonyme	—	»	90
Judith ou la Loge d'Opéra	—	»	30
Proverbes	—	»	70

MUSÉE CONTEMPORAIN

A 20 CENTIMES LA LIVRAISON.

A. DE LAMARTINE.

Graziella	1 vol.	»	60
L'Enfance	—	»	60
La Jeunesse	—	»	60
Geneviève, hist. d'une servante	—	»	70
La Vie de Famille	—	»	50
Régina	—	»	50
Histoire et Poésie	—	»	50

Mme ÉMILE DE GIRARDIN.

Marguerite ou deux amours	—	»	90

THÉOPHILE GAUTIER.

Constantinople	—	1	30

HENRY MÜRGER.

Scènes de la Vie de Bohème	1 vol.	1	50
Le Souper des funérailles	—	»	50
Le Bonhomme Jadis	—	»	30
Les Amours d'Olivier	—	»	30
Madame Olympe	—	»	50
Le Manchon de Francine	—	»	30
La Maîtresse aux mains rouges	—	»	30

CHAMPFLEURY.

Les Grands Hommes du ruisseau	—	»	60

MÉRY.

Le Bonheur d'un Millionnaire	—	»	50
Un Acte de Désespoir	—	»	50
Le Château d'Udolphe	—	»	50

CHARLES DE BERNARD.

L'Innocence d'un Forçat	1 vol.	»	30
Une Aventure de Magistrat	—	»	30
Le Gendre	—	»	50
La Cinquantaine	—	»	50

ALEX. DUMAS fils.

La Dame aux Camélias	—	1	30
Le Prix de Pigeons	—	»	50
Césarine	—	»	50
Un Paquet de Lettres	—	»	50

JULES SANDEAU.

Sacs et Parchemins	—	»	90

Paris. — Typographie Morris et Cie, rue Amelot, 64.